U0137722

The long goodbye

迟来 的告白

陶立夏
——
著

湖南文艺出版社

图书在版编目（CIP）数据

迟来的告白 / 陶立夏著 . —长沙：湖南文艺出版
社，2023.1（2023.2 重印）
ISBN 978-7-5726-0945-9

Ⅰ . ①迟… Ⅱ . ①陶… Ⅲ . ①散文集—中国—当代
Ⅳ . ① I267

中国版本图书馆 CIP 数据核字（2022）第 218640 号

迟来的告白
CHILAI DE GAOBAI

作　　者：陶立夏
出 版 人：陈新文
监　　制：谭菁菁
责任编辑：吕苗莉　李　颖
责任校对：郭　瑛
策　　划：李　颖
编　　辑：黎添禹
营　　销：汤　屹
设　　计：尚燕平

出版发行：湖南文艺出版社
　　　　　（长沙市雨花区东二环一段 508 号　邮编：410014）
网　　址：www.hnwy.net
印　　刷：湖南天闻新华印务有限公司
经　　销：新华书店
开　　本：787mm×1092mm　1/32
字　　数：108 千字
印　　张：6.5
版　　次：2023 年 1 月第 1 版
印　　次：2023 年 2 月第 2 次印刷
书　　号：ISBN 978-7-5726-0945-9
定　　价：52.80 元

MOBYDICKCOFFEE
ROASTERS

第一章

生活
如此很好 *1*

目录 *CONTENTS*

第二章

旅行
远行结束的时候 *33*

第三章

读书
我们没有成为别人 ⁷⁵

目录 CONTENTS

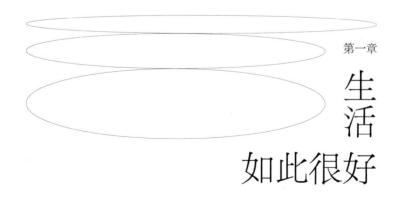

第一章

生活

如此很好

。 春深

支枕星河横醉后，入帘飞絮报春深。

——秦观

最近总是醒得很早，城市才刚醒来的时候，街道空空荡荡，空气里有未下的雨、落叶堆、垃圾车和草坪的味道。一个女孩骑着共享单车经过，我听见一声乖巧的猫叫，以为听错了，细看才发现她肩头停着一只胖胖的小猫。也不知道小猫刚才是不是在跟我打招呼。

窗外的树在两个突然升温的晴天里，一下子绿了，现在需要寻找很久才能发现鸟是停在哪里唱歌。

我把阳台上那棵女贞因为无人照顾而枯死的细枝剪下来，摆放在晒台显眼的地方，很快就被小鸟们叼走了，只剩下一根，形状不怎么好看。

搬到工作室的物品不多。开始了新的生活方式。

最近需要的所有衣物都可以放进一个宜家的小单元格。右边是叠好的毛衣、卫衣和围巾，很快它们就要换成衬衫了。

左边无印良品的收纳袋里是短袖棉汗衫、内衣与袜子。这个棉麻质地的收纳袋内部有透明涂层，让这个袋子有一定硬度，可以自己站立，而且防水。曾经也客串过脏衣篮。到后来，是很多曾经觉得无关紧要的东西，陪伴了自己很久。

Everycare织物清新喷雾也带了，我发现它除了能让衣物散发清新的气味，还能当空气清新剂使用，稍微在窗帘上喷一点点，开窗后，房间闻起来就会像微风吹过的草地。

以前按飘窗高度定做的长几，本来是用来堆书的，配椅子用太矮，现在正好可以拿来放在床头当作长书桌。晚上写累了，倒下就能睡。

为居家生活准备了不少书，书单等看完之后写。翻译的布鲁斯·查特文和帕蒂·史密斯的作品，应该可以在春天结束前和大家见面。至于散文集，就约在夏天吧。

不能见面的朋友发给我明石海人写的句子，我将它们转赠给你：

我身在黑暗的苦海，渴求那缕光。像生于深海中的鱼族，若不自燃，便只有漆黑一片。

时而痛哭流涕，时而手舞足蹈。我为无法脱离肉身的自己祝福。

——明石海人《白描》

黯淡星与冰岛的三个发现

在院子里抬头，看见书房窗上挂着的月亮灯，那是我突发奇想花十几块钱买的节日装饰彩灯。每到夜晚，我就把它打开。

想起 2014 年初冬在冰岛，第一个重大发现就是冰岛人的窗台上会亮一只灯。造型是各种动物，有时也会有蔬菜、瓜果。我感觉出售这种无论质地、造型还是颜色都十分有塑料感的灯，是冰岛独有的一门大生意。傍晚出门散步，我喜欢看每家每户窗台上形状各异的这些灯，并在心里暗暗品评一番。瑞秋住的那条街，冠军是只松鼠灯。它被放在二楼的窗上，造型可爱，衬着白色的蕾丝窗帘和深蓝的夜色，橘红色的灯光很有丛林小屋的温馨感。

会在游客稀少的冬季去冰岛，是因为我的朋友瑞秋刚从伦敦搬去雷克雅未克。为庆祝她搬家，我决定买一只灯送她。瑞秋的生活里很少有多余的东西，这只灯也必须是她喜欢的。我们在市中心的家居店、文具店、美术用品店里看了很多灯，有鸡鸭鹅，甚至还有萝卜和青菜等造型。最后我们在一家礼品店的货架上看见了它：一只全黑色的兔子灯。瑞秋有个兔子造型的蛋糕模具，用了好些年，和这只灯一样可爱。

我对店员说：We need that rabbit, please.（我们需要那只兔子。）瑞秋说："对，我们需要它。"现在我也依旧喜欢说 need 而不是 want，出现在我们生活里的东西，不仅仅是想要拥有而已，更是需要它的存在。我觉得需要是比占有更朴素也更深刻的一个动作。

回家后我们发现那只黑色的兔子灯选得真的很好，它很妙：由全黑的塑料制成，所以开和不开几乎看不出有什么区别。刚按下开关的时候，我们甚至以为电源出了问题。但如果很仔细看的话，会发现它眼睛四周没有涂到颜色的部分会漏出一点点金色的灯光。

每到夜晚，小黑兔在窗台上，看起来和白天毫无变化，几乎要被夜色淹没。但是我们知道，它在发光，它黑漆漆的外表下，是金灿灿的内在。

就算看不到，也要发光。我的灿烂，是件十分安静且私密的事。

我在冰岛的第二个发现，是冰岛的公交车票像邮票，很袖珍的一枚，朋友球给了我一沓备用。有次我们坐上一辆去郊外的巴士，在苔原前的公交车站下了车。厚地毯般的橄榄绿苔藓下面，是暗红色的土壤。现在想起来，那片荒野很像抹茶巧克力蛋糕，结冰的河流是白色糖霜。

那天下午我们还被困在沼泽里，走到筋疲力尽才脱困。怎么都记不起是如何从苔原走到那片沼泽深处去的。枯草下面原是湿土，结冰后泥土与杂草的根系凝固成高低不平但坚硬无比的陷阱，每一步都走得无比艰难。

我身边的夜色渐渐浓了，气温骤降。我从沼泽里走出来，走进数年前的伦敦，十月的最后一个黄昏，拖着行李箱在希思罗机场即将被关闭的旧一号航站楼寻找冰岛航空的柜台。天早早就黑了，我觉得饿，却什么都不想吃。柜台后那个穿蓝色制服的金发女孩看了我的护照，又找同事确认："她这个签证是可以去冰岛的对吗？"她的同事点了点头，我把行李箱扔上传送带。

飞机朝夜色里起飞，不久之后我依稀在窗外看见了爱丁堡的灯光，但或许只是想象。飞机飞过大西洋的时候已是夜色沉沉，舷窗外有极光：绿色的幽灵般的飘带。极光不是想象，因为机长在广播里提醒大家留意窗外，我记得那平静的声音。柏瑞尔曾在《夜航西飞》里写，一天早晨她接到电话通知她当天可以起飞，飞越大西洋，那个声音非常平静。我想就是这种平静。

冰岛的冬天让人感觉到的也是这样的一种平静。仿佛冻到爽脆的空气里有某种频率波动着，一旦你的心脏意识到这种频率的存在，就会跟随它的节奏跳动，很慢，很稳，很轻。这种平静会跟随你很久，几个月甚至几年。你被困沼泽也好，被困暗夜也好，被困生活也好，都一样心平气和。这是我关于冰岛的第三个发现。

° 一枝花，一杯茶

洋甘菊作为摆拍道具再次流行起来。这种可爱的花还有更厉害的作用：安神、宁心、明目。所以装饰过房间的洋甘菊不要丢弃，在盛开后成束倒挂于通风处晾干，就可以拿来泡茶。

我的方法是不要把花摘下，而是保留花梗。这样不仅晾干时简单方便，泡茶时也不需要使用茶滤，最关键的是还很美丽。

洋甘菊是被普遍使用的药草，无论泡茶还是提炼精油，都因为它气味淡雅、清透、治愈，又可安神助眠而广受欢迎。洋甘菊茶的另一个作用是帮助消化，热热地喝下，还可缓解感冒症状。

可爱又实用的洋甘菊，值回票价。

作为下酒菜的故事与面

买了把伞，和我当年留在伦敦的那把一模一样。还买了些新盘子，用来装水果。

周末和朋友吃麦当劳作为辛苦一周的奖励，等餐的时候，和小朋友玩的是唐诗接龙游戏。默契地发现我们都偏爱李白，所以把《将进酒》留作最后的华彩乐段。

Cadenza，同样是个很美的单词。

背到"五花马，千金裘，呼儿将出换美酒"时，小朋友给我讲了贺知章"金龟换酒"的故事。"李白他们真的很爱喝酒。"最后他喝着可乐，这样总结。

如果我们这次玩的是希腊神话人物接龙游戏，我就可以给他讲最近很喜欢的一个故事。说现存于梵蒂冈的雕像《拉奥孔》1506年在提图斯浴场遗址附近被发现时，拉奥孔遗失了右臂。教皇尤里乌斯二世买下雕塑，希望修复这个残缺，但无人知晓公元前一世纪中叶的古希腊人是如何处理这只手臂的。

米开朗琪罗认为拉奥孔的右臂应该弯折朝向颈部，那是痛苦的表现，有人却认为右臂应该奋力上举。最后雕像被修复成右臂上举的样子。1906年，也就是整整四百年后，奥地利考古学家在雕像发现地附近找到了右臂，它确实是向着颈部弯折的，和当年米开朗琪罗认为的一样。又过了五十一年，也就是1957年的时候，梵蒂冈将这只手臂装回了雕像上。

《拉奥孔》讲述的是特洛伊战争时期，祭司拉奥孔告诫特洛伊人不可让木马进入城中，雅典城的守护神雅典娜派出两条巨蟒，将拉奥孔和他的两个儿子勒死。

这座雕像，是由古希腊雕塑家阿格桑德罗斯和他的两个儿子一同完成的。

下酒菜不仅有故事，还有面。久违的单身汉料理又回来了，这次做的是海鲜干捞面，步骤和时间严格遵守单身汉料理的标准：不超过三个步骤，不超过十五分钟。

这道菜的出现纯属意外。

我把之前吃不完的龙须面放在阳台晾晒，可能是因为偷懒没有分小团，不久面竟然发出了类似臭脚丫的味道，又或者像阴雨天没晾干的衣服。但面条的颜色看起来依旧很光洁美丽。

不想浪费食物的我，从冰箱的速冻格里找到了被遗忘的青虾仁与小章鱼，希望炒过的海鲜能掩盖面的怪味。结果面煮开后，怪味就完全没有了，重新成了筋道光滑的龙须面。我把照片发给很懂做饭的朋友看，他说：这个海鲜干捞面很不错啊。

原来这就是干捞面啊。既然得到了专家的认可，那就作为单身汉料理记录一下吧。

材料：龙须面、青虾仁、小章鱼，或者其他你喜欢的海鲜也行。

配料：姜、蒜、料酒、油、蚝油、芝麻油、黑胡椒、小葱。

步骤：汤锅里的水开后，放入龙须面，面煮熟后捞出，用筷子抖松面条，加少许芝麻油搅拌。

炒锅烧热，加油，放入姜丝与蒜片，再放入虾仁与小章鱼（虾仁记得要去虾线，小章鱼去内脏），翻炒，虾变成红色后加入料酒，小火略收汁，按口味放入蚝油，再焖烧片刻。

虾仁与小章鱼出锅，与姜丝、蒜片、酱汁一同倒在面上，淋少许芝麻油，撒少许小葱和黑胡椒粉（也可不加）。

这是很有夏日气氛的一道简单料理。海鲜与面的分量配比，可随意搭配，吃之前稍加搅拌就行。

人生需要一只好盘子

早饭午饭晚饭下午茶，面包意面松饼甜点，都需要一只白盘子，中古 Creil et Montereau 是首选。我觉得 Creil et Montereau 的白色圆餐盘是中古餐具界的弗吉尼亚·伍尔夫，素净、硬朗、无情，但同时有珍珠般淡雅的色泽，准确而迷人。

大概是因为写作、翻译、干农活有点累，我对"仪式感"这个词感到厌倦了，又或许细节积累到一定程度，随意才是生活真正的仪式。平时吃饭都是各种盘子混搭，我很喜欢法国中古餐盘的随意感，岁月中积累的使用痕迹、不完美的印花以及制作过程中的手工瑕疵。

其中最容易淘到的印花盘是 Saint Amand 和 Creil et Montereau，经典的 Digoin Sarreguemines 白色花边盘和八角盘则因为爱好者增多而价格大涨，但我偏爱它朴素的普通圆形白盘，用来盛蔬菜、意面、薄饼、甜点都很好看。是简单生活的感觉。

在中古餐具爱好者中，Creil et Montereau 的 linotte 朱顶雀圆餐盘和 Longwy 的蓝色花束图案八角盘都是热门款。而对两样都没有特别心动的我，却机缘巧合拥有了一只 Longwy 的蓝色雀鸟图案圆形甜品盘。发现它无论搭配其他浅色餐具还是深色茶壶，都很好看。因为年代久远且使用频率很高，这个盘子有很多使用痕迹和磕碰，但这种岁月留下的瑕疵就是中古餐具的魅力。从一个国家到另一个国家，从一个家庭到另一个家庭，从一张餐桌到另一张餐桌，它见证的都是甜美时光。

一个人的茶话会

记得《莫斯科绅士》中写，罗斯托夫伯爵作为不肯悔罪的贵族，被软禁在克里姆林宫对面的大都会酒店，后来又被迫搬到逼仄的阁楼。除了蒙田的书，他的随身行李中还有一套利摩日瓷器。

"生活中的诱惑毕竟太多了。"

有一天我要写个故事，主人公（目前还不确定是男是女）会用 Nymphenburg（宁芬堡）瓷器，甚至不是梅森，也不是 KPM。说不上茶杯哪里重要，因为只是容器而已，却好像是一个有趣的角度，仿佛得以窥见故事里人物性格中细致又执着的部分。

喜欢麦卡勒斯的一张照片，桌子上除了书稿和打字机，还有保温杯、茶杯、烟灰缸。房间里光线正好，不过于明亮，也并不昏暗，看起来是一个平淡无奇的上午，那种乏味的气氛，这一切都使她看起来是一个真的在写作的人。

我也有一只类似的白色茶杯，和很多别的杯子。却没有学会像她那样去写。

为什么会有很多杯子？大概是因为在我所有的爱好中，除了喝茶，没有别的爱好能和写作同时进行了吧。

这是我最常用的杯子和茶壶。

Lomonosov

俄罗斯制造的 Lomonosov 是硬瓷，偏蓝的质地，与钴蓝颜料搭配，有种硬朗感。十几年前在伦敦的 Sketch 餐厅喝下午茶时第一次用到，后来陆续买齐了茶杯、咖啡杯、茶壶和奶罐。这是我唯一成套的茶具。

它们有的是新款，有的是在芬兰等地旅行时淘到的二手旧款。神奇的是，生产时间相差近百年，瓷质和颜料却几乎一样，工匠的手艺也看不出差别。

Royal Copenhagen

哥本哈根的蓝色唐草是经典款。左边是二手旧款，半蕾丝。右边是新的普通款。产地从丹麦搬到亚洲之后，哥本哈根的瓷质与画工都有了很大变化，风格从轻盈透亮变得敦厚，所以使用手感更平易近人，适合不喜欢骨瓷的我。

Digoin Sarreguemines

这两只都是二手的中古杯，"中古"大概就是比新品年代久一些，却又够不上古董的意思。我喜欢 Digoin Sarreguemines 的奶油色，和任何餐具都能搭配。只是 Sarreguemines 原本属于大量生产的廉价日用瓷，而且质地脆弱，几乎找不到品相完美的款式，总有一点瑕疵。

一点磕碰，一点冰裂，一点染色，很像有了一点经历的人，所以也有了自己的个性。

Astier de villatte

另一个法国陶瓷品牌 Astier de villatte 这几年开始红了，我以前最喜欢看它的货架陈列。可惜始终觉得釉色的白不是我喜欢的色温，但有些款式造型又真的很美，所以在犹豫之中屡次错过。直到缘分到来。

Hario

耐热玻璃的茶壶和杯子很多，但是 Hario 的玻璃我感觉最清透光滑，而且做工好，没有模具痕迹。说到玻璃制品的模具浇铸痕迹，这几年同样很受欢迎的美国与加拿大二手 Depression Glass 和 Fire King 就很明显。

有人喜欢厚重的玻璃制品，我喜欢轻巧的，所以橄榄木法压壶和带过滤器的茶壶都买了 Hario。玻璃茶壶比陶瓷茶壶更不隔热，但胜在轻盈透亮，冬天泡热茶与夏天泡冷茶都合适。

仔犬印

后来才知道，我这只不锈钢质地的仔犬印其实是咖啡壶，同系列还有别的尺寸以及形状扁一些的茶壶，当时在东京的超市遇到，货架上只剩下它，一个人用正好。和旧玻璃杯以及marimekko的马克杯都很搭。

野田珐琅 / 月兔印

一共有五只月兔印的珐琅壶，分别是深蓝色、黑色、黄色、白色和不锈钢。小的当茶壶，大的直接在明火上烧水用。它们当手冲壶也不错。珐琅的优缺点都很明显，使用一段时间就会记得它很烫，壶盖容易掉落。

Bialetti 咖啡壶

朋友中爱好咖啡的人旅行时都会带着 Bialetti 摩卡壶。我更喜欢茶，所以用得少。最近天气凉下来，翻译的书又十分深涩，就开始拿出咖啡壶来煮很浓的咖啡。小卡式炉是千石 sengoku，冬天与搪瓷杯搭配，煮奶茶也不错。

Redecker & Everycare

Redecker 是专门制作毛刷的德国品牌，从蔬菜刷、大衣毛毯刷到猫咪梳子都有。杯刷的顶部带柔软吸水的棉质纤维，方便清洁杯底，长度足够，也可以用来清洗花瓶。

Everycare 是来自韩国的家用清洁剂品牌，这款配方温和天然的浓缩洗碗液对于我这种对洗洁精过敏的人十分友好，除了清洗餐具，还可用于清洗果蔬。

"生活是张茶几，上面摆着一些杯具。"

对于生活的诀窍我很可能一窍不通，所以阶段性地陷入迷惑与愤怒之中。但关于物质，我似乎略知一二，于是又总能在自己的小世界里，重新获得快乐。

就像茶里这点苦味，不算什么，我们终究要尝的，是全部滋味。

。 云朵症

乡间的季节感和城市有很多差别。比如地里的庄稼变了种类和颜色，要忙的事情也因此改变。没有高楼阻挡，云朵的形状总是更壮观一些。

在克罗地亚度假的 cy 老师回巴黎途中，路过威尼斯，发来运河上冈多拉的照片。那时候我正骑车去邻村看一片海市蜃楼般的巨大云朵，骑过三个村庄都没能离那片云更近些。第一次见面时，cy 老师送了我新鲜的百香果。后来我们总在微信上交流种香草和蔬菜的经验。她的无花果熟得比我的早，我的罗勒正努力追赶她花园中那些茂盛的罗勒。我的翻译进度则永远落后于勤奋的她。

"没有人能追上云的。" cy 老师说。

就像没有人追得上季节。但很多事，重要的不是你是否能够真正了解，而是你为着了解而做出的许多努力。

成为自己的光亮

读关于秋天的诗。常常会将石川啄木的姓错记作"荒川"。石川给人坚固之感，那种河堤上垒着巨石的奔涌不息的河流。或许在内心深处，我始终觉得他的早逝太遗憾，他应该活久一点，写多一些。"不该是如此。"说来很多事与我无关，但想想还是会难过的。

傍晚时远处常有烟花的声响，隔着闷热潮湿的空气传来，像云层里的闷雷。天色还很明亮，月亮升起来，不知飞往何处的航班从月亮下掠过。雨迟迟不下。南瓜开始丰收了。

最近读过的印象最深刻的文章里，作者罗列了一系列美国伟大诗人们的死亡年龄与原因。有时候无趣的数字和事实组合在一起也会成为一种诗意的事，因为它们绝对确切、真实，将死亡量化，把我们恐惧的最不确定的事罗列下来。也只有被留下来的人，会难过，所以如此需要安慰。

风里闻到秋天的气息时，云朵变换形状，我买了只蓝色的花瓶。

秋天了，盛夏的耀目已过，天色开始暗下来。为着照见这个世界的美好，我们只能让自己有自己的光亮。

° 温柔的陈旧事物

温柔事物，轻若不存在，但想必长久坚定。

——黄碧云

最近早餐时最常用的餐盘与咖啡杯是设计非常简单的 Sarreguemines 花边系列，它们很旧了，有许多时间的痕迹。在全新的冬日阳光下，它们轻盈的波浪线花边显得格外柔和。

我们时常把"个性"这个词与棱角、不合群这样的潜台词联系在一起，但"个性"可以有很多种。看着我最近在使用并很喜欢的物品，会想或许是在冬天的暖阳里变得温和的我选择了它们，又或许是它们正在塑造一个更温和的我。

愿常在匆忙仓促的节奏中拼搏追赶的我们，有一天会这样夸赞一个人：他 / 她好有个性，特别温柔。

我有一支连续用了很多年的身体乳，以前去 Liberty（利伯提）百货给朋友们买礼物，总要随手补一支。今年没有去伦敦，正式用罄。它是没什么特别的玫瑰花味道，每次闻到就觉得这味道最贴切的形容词，只是"陈旧"。也因为陈旧，觉得它分外柔和。

因为玫瑰花好像就代表着很多陈旧事物。那种将一枝玫瑰花藏到身后在楼下仰头等心爱之人的岁月，那种欲言又止，那人在灯火阑珊处的距离与吸引，那种把一整个夏天的玫瑰花瓣都收集起来晒干放到衣橱里面，等来年春天的缓慢，那种一个字是一个字，一个眼神是一个眼神，一段静默是一段心事，炽热又沉静的表达，甚至是玫瑰那种浓郁的红，都很陈旧。

我曾在文章里说，喜欢画家昔酒笔下那棵积雪的小树。我也喜欢她画的烛火，炎热的盛夏午后，记录下不可被记录的事物，连带气息与温度，生活中那些无声但炙热的脉络，那些你以为被忘记却被最深刻记得的片段。我们站在梦境之中，与现实对峙。

从梦境中醒来时，记忆随视觉复苏，我们看到很多东西都旧了。梦境如是，对抗如是，怀念亦如是。而生活，却永远是新的。大概因为它是我们用心血浇灌的，唯一恒久的玫瑰。

第一次有人和我说起"冬藏"这个词，我听成了弓藏。鸟尽弓藏。在寒冬暮色将尽的街道上走着，法国梧桐树的枝干已经修剪过，偶有枯叶落在脚边，发出细响，如某种骨骼轻盈的灰褐色鸟类。

"鸟尽弓藏。"我说。突然觉得这个含义凉薄的成语，因为那刻冰冷的空气，有了肃杀之意。

"不不不，我是说，冬藏，就是冬天要多休息，多进补。"朋友着急地纠正我。我们大笑，随即加快脚步找家餐厅点一罐煲了很久的汤。

等待是一种技巧

这个冬天我躲在乡下写一本好像其实并不存在的书。是的，书是这样的一种东西。在你写之前，它就已经存在了。你要做的，不过是像描红一样，将它誊写出来。又比如是像雕刻家将雕像从大理石中拽出来。

温度降到零摄氏度以下之后，地里没有什么活可以干。那些结冰的土壤又让我想起朋友说的"冬藏"。这次我真正明白了这两个字的意思。希望此刻都被藏在泥土之下。我的书又藏到哪里去了呢？

开着小小台灯在客厅写稿看书，会有当年在学生宿舍里温书赶论文的错觉，但也很明白地知道只是错觉。时间无处躲藏，只能流逝。朋友遭遇各种挫折，要等晚上处理完工作，先发消息问能否打电话，电话接通寒暄过后再接着问可否哭一下，语气已经哽咽起来。我说你想哭多久都可以的。藏得这么得体的悲伤，只能是中年人才有的了。

钟晓阳曾在书里写，深夜读书觉耳冷。我只觉得手冷脚冷，心也跟着冷起来。少年心气，一襟晚照。

晚饭后依旧出门散步，围巾、手套、毛线帽，捂得严严实实，迎着寒风慢慢走。此时觉得身上这件要价不菲的 Orcival 长外套真是值得，轻若无物却格外防风保暖。但如今我走的不是那些走惯了的霓虹喧闹，也无歇脚喝汤的地方。值得安慰的是，乡间结霜的小路，在渐深的暮色里，脚感松软舒适得多。

树林深处有条河，墨黑树影下，它闪着银灰色的光。我捡块小石子扔下去，石子在冰面发出空洞轻微的声响，然后飞速滑了出去。只有原本就在期待的人能听见的不断拉扯弓弦般的声响，它速速在暗中扯紧，一支不知去处的箭。那响声终于滑出我听觉范围的时候，天际金红色的晚霞也凝成灰紫色，缓缓熄灭。

"我从未想过，你会离开我。"我听见书里的人这样说。我要写的那本书，就这样在夜色之中，清晰了起来，拥有了具体的轮廓，像桌上一个我上前几步就能拿起的苹果。

中年人有中年人的好处。不太寻找了，但其实，等待才是更需要研习的技巧。

记忆的青口贝

以前常去的餐厅，菜单上没有青口贝了。翻看几遍菜单后与负责点单的店员确认：

"没有青口贝了？"

"没有。"

"那种青黑色的，贝类，是叫青口对吗？"

"对。但是我们店里一直没有这道菜。"

他想一想，又补充说：

"或许那是我来这家店以前的事，很久以前的事。"

后来我想，我们谈的不是某种青黑色，内里有淡雅紫色光泽的贝类，而是关于生活不可扭转的改变。它发生时那么急促无声，却在一些人心里留下带回声的惆怅。另一些人来自更迟的浪潮，避开了浮浮沉沉，所以无知无觉，轻松地活在新的世界之中。

时间又向着一年中最盛大的季节而去，失控的植物，炙热的空气。还有，在灿烂阳光下想要重新开始的我们。

为着保留存在过的证据，我在喜欢的日料店吃完晚饭，将盘中一片扇贝带回了家，放在杂志柜上。

朋友问起它的来历，我就掩饰说：那是为袖珍维纳斯小姐的诞生而准备的。

福楼拜曾写道："你所发明的一切都是真实的；你要相信这一点。"

这发明，也包括记忆与未来。

° 如人入暗

　　白天，猫总是喜欢睡在房间的特定角落。我好奇也去躺了一下，发现会有阵阵凉风。有时躺着忘记起来，就睡着了。睡梦中，听见猫咪在我身旁抖动耳朵的声音，像有人在抖动干爽的床单。

　　随着风势，夜晚的天气开始转凉，钻进被窝的时候，觉得自己是朵落在草丛里的蘑菇。带着一天生活留下的瘀痕，终于找到个隐蔽安全的角落，轻轻倒在了柔软的气味清新的小草上。

　　这是一个争执日益频繁的世界。我试着用自己学到的知识去论断这个世界，而不是纠结于论断他人的观点。

　　或许重要的事，是清晨拉开窗帘看见的第一朵云，或者暮色里最后一只离去的蝴蝶。我对可以用对错输赢成就的快乐并无执着，甚至心存怀疑。我希望我的自信，是来自曾以自己的文字带给他人的平静。写作与阅读是互相启发的连绵的过程。

　　似火线在荒野蔓延，或者如浪潮去往无限。

　　"客厅在橘皮的海上颠簸。"

　　　　　　　　　　——维森特·阿莱克桑德雷《死亡或候诊室》

乡下的家有空荡荡的光线。除了吃不到美味的冰激凌与现成的甜点，住在乡下最不便利的事情是理发。又觉长发麻烦，只能定期自己剪。但住在乡下，没有贴墙近邻，暴雨的深夜，可以在书房光明正大地听《自新大陆》第四乐章，卡拉扬指挥维也纳爱乐乐团。

铜管演奏的恢宏主题中，紫粉色闪电劈下来，照亮窗外树的轮廓，枝叶看得比白昼时更为清晰。这不过是因为你知道光亮短暂，所以格外用力用心去看。然后你在暗中，耐心而乐观地开始新的等待。

闪电中，世界仿佛在一次次积聚能量，一次次重新开始。每一次都试图变得更洁净，更广阔，更沉默。

虽"天地不仁"，但有时我还是会想，不知这天地，它是否也会有愿望。即便这世界是梦幻泡影，我也希望它可以有自己的愿望，并且能够得以实现，或多或少，或迟或晚。但也不要太晚。

翻开诗集时，闻见香水纸的气味。读过的诗句，因此有了新的气象。"全新的痛苦与旧时的天真。"那刻我决定，即便世界没能重新开始，它的愿望悬而未决，我也要带着我陈旧的天真留在这里，留下来，和与它有关的记忆一同成为废墟。

"大地全然安静在你们的眼前；

但我知道它会像大海一样起身去触摸。"

西绪福斯推着石头，我们成就着日常，生命自会重复它破茧成蝶的循环。我只知道，此刻这句诗，如同窗外那朵云，与我有关。

第二章

旅行

远行结束的时候

平静与爱

数年前楠迪市一个温热潮湿的夜晚，骤雨刚停，我穿过临海的街道寻找一家中餐馆。

记得中途经过的小酒馆，门口的红色灯笼挂在隐约的雾气中，像个醒不来的梦。我甚至有点希望找不到那家餐厅了，就可以在海浪声里，在混着花香的雨水气息之中，在温柔得能融化世界上所有铁石心肠的南太平洋的夜色中，一直走下去。

塔韦乌尼岛上的潜水教练曾对我说，我们只是海洋的过客。那些再热爱海洋的潜水者也总会回到岸上。当氧气耗尽，多么留恋也要放弃。他仿佛在说，再深的爱，也敌不过求生本能。

学潜水太累了，我没有来得及去了解他这句话背后的故事。只有夜潜时偶遇的蓝色海星和硕大的紫色龙鳞贝，连同漂浮在那片漆黑如太空般的海洋里时，惊慌退去之后随周身无数闪烁的微光一同降临的安静，被我写到了《岛屿来信》中。

多年后我问自己，如果，如果真能获得绝对的平静，如果能得到比爱更深的、不用回头的归属，又是否愿意用生命去和海洋做交换？

Peace and love. 不记得曾在多少城市的墙上见过这个标志

与涂鸦。还未深究它出处的时候，我擅自翻译为：平静与爱。但同时又有太多的歌以优美的旋律告诉我们，爱，让我们破碎。破碎的心，如何平静？满世界寻找答案是疲惫的事。后来困惑很久的我找到了自己的解答：调换这两个词的顺序。

Love and peace. 爱，以及平静。

斯坦纳说，不能爱上与我们不同的人，是灵魂的疾病。或许我们也应该学着去爱自己的不同处境、各种情绪，即便它们与你的预期截然不同。

毕竟，我们正是因为获得过幸福，才渐渐懂了世界上的苦痛。反之亦然。我们也是因为感受过满足、信仰和愉悦，才能在惊惧、怀疑与痛苦之中，坚持走过，而后者，也可以在某一天成为我们力量的来源。

正如同爱不是交易，平静也不能靠交换获得。它像我曾经寻找过的那家小餐馆，隐没于夜色中，只能凭借不停歇地寻找，才能抵达。

。 仅仅漂亮，还不足够

那一年夏天，我们在暮色中等待侍应生将晚餐送来。身边是高大的丝柏树，它们将根牢牢扎在悬崖边的岩石缝隙中，悬崖下是南太平洋的温柔波涛，偶尔有高浪拍在崖壁上。我喝着被夕阳染成金红色的汽水，格蕾丝抽着烟，那是我走下只能搭载二十余人的小飞机时，根据格蕾丝的要求，在拉罗汤加国际机场那个小卖部似的免税商店给她买的薄荷烟。

白天格蕾丝开着她的二手敞篷车，带我沿阿拉梅图亚古道游览全岛。一边是植被茂密的山，一边是波涛温柔的海，中间还有一条狭长的白色地带，铺满了被浪带上岸的贝壳和珊瑚。年轻的时候，格蕾丝曾在欧洲求学，靠打工赚到的钱支付学费和生活费，毕业后到处旅行，经过新西兰时，找到了工作，结了婚。

当她再次回到这个世界偏远角落的椭圆形火山小岛上时，刚过四十岁，但已经 traveled the seven seas（历经沧海），并且已经为一双儿女准备好了上大学的学费，他们如今都在奥克兰生活。积蓄还够给自己买下带花园的地皮，在上面盖了自己的房子。

旅游业开始在库克群岛兴起后，格蕾丝因为学历和过去的工作经验，成为各大高级度假村青睐的向导。"年轻的时候，常有人夸我漂亮。后来我发现，活得漂亮更重要。"如今格蕾丝是岛上远近闻名的向导，走到哪里都有人和她热情地打招呼。

格蕾丝的家建在大榕树下，她在院子里种了美人蕉、柑橘树和杨桃树，杨桃熟了之后，像一颗颗金黄色的星星挂满树梢。当她在门廊上喝啤酒听广播的时候，鸟会来啄熟透后掉落在草坪上的杨桃。我拿着格蕾丝给我的篮子，捡了十几颗熟透的星星。

"我不能想象比这更惬意的生活。"作为一个只在岛上逗留数天的游客，我由衷地羡慕。与其说是格蕾丝选择了这样的生活，不如说是她凭一己之力创造了这样漂亮的生活。

这话我多年前曾对另一个人说过，那是在意大利旅行时认识的法布齐娅。

平时担任电影布景师的她，在意大利最美的岛之一卡布里有座面海的小房子。分手后依旧还是朋友的前男友在岛的高处安娜卡布里经营一家豪华酒店，当初两人在岛上相识后，法布齐娅发挥自己的专业才干，帮他将一个普通的家庭酒店改建成了一座摆放着现代艺术品的罗马式宫殿。

然后不想停留一地的她，头也不回地奔向另一个片场，继续在电影胶片上构建一个又一个如梦似幻的场景，让不同的人物在其中上演悲欢离合。她为卡布里皇宫酒店画下的数百张图纸，不过是她画过的数以万计的图纸中，薄薄的一层沉积岩。不用工作的时候，法布齐娅依旧会回到岛上，做饭、散步，在自己的小屋里度过全是阳光、鲜花和海的假期。

"谁不喜欢情人眼中的柔情，但漂亮不是我最重要的部分。"一头金发、轮廓深邃的法布齐娅解释当初自己为什么离开卡布里，选择了事业。

还有在得克萨斯州的乡野，经营牧场的黛安娜。她在三十岁的时候离开城市，离开了熟悉的精品时装店、高级餐厅、美发师、健身教练，在野猪和郊狼出没的土地上，学会了骑马、使用猎枪、照顾马匹。

得克萨斯秋季壮丽的星空下，她骄傲地告诉我，她的女儿十二岁就学会了打猎。她最爱的一匹马叫哥本哈根。那时候我刚翻译完《夜航西飞》这本书，对马的知识略知一二，知道这个名字不仅仅是一个城市，更是铁面公爵惠灵顿的马——那匹陪伴他战胜了拿破仑的战马的名字。

前两天刚看过 MAIA ACTIVE（玛娅）新近发布的广告，这些面对镜头，用自信的笑容讲述自己追求的女孩，让我想起过去旅途中遇到过的这些女性。"漂亮不是我最重要的部分。"这句话，重又回到我脑海。

这时，我更明白了在海岛悠闲生活的格蕾丝、在专业领域颇有成绩的法布齐娅。我也知道黛安娜骑着她的哥本哈根战胜了什么——面对旷野的孤独、人们对城市女孩的既有印象。比起她们的勇敢、聪慧、自信，漂亮从不是一个女孩最重要的部分。

西蒙娜·德·波伏娃曾说，有些女人把自己弄成有香味的花束、大鸟笼，另一些女人是博物馆，还有些女人是难解的文字。

还有一些女人，则是建筑师，她们为自己构建平凡但美丽的生活。独立、乐观、坚强，始终以平和的态度面对生活，无论迎接她们的是花丛还是骇浪。她们不仅仅容貌漂亮，更活得漂亮。

后来我翻译《亲爱的安吉维拉》这本书，折服于作者阿迪契直言的勇气和阐述观点时严谨的逻辑。她希望男性与女性都明白，这个世界上最普适的存在，就是差异。承认差异，是实现平等以及个性的基础。而女性，虽然在追求性别平等和个性的道路上遭遇更多困难，却也在不断获得成绩，拥有更多选择。

我们是为了活得漂亮，所以奋力奔跑，努力向前。当我们拥抱生活，外表的漂亮只是我们诸多美好中一个组成部分，但，不是最重要的部分。

◦ 相信童话的人

在这一年，我分外感激自己的相机，记录下了那么多世界的美好。我也感激自己尚可称为不错的记忆，总是牢记一路上边边角角的小乐趣。开车自湖区前往高地的沿途风景，对着玫瑰花园的长窗，墨绿色平原上初升的圆月。

此时的英国湖区，应该是层林尽染的好时节。我能在记忆中清晰地描绘这样的场面，蓝灰色的水面弥漫着银白色的薄雾，过不了多久，褐紫色苔原之上，墨绿色山巅就要开始有积雪。

我是因为碧雅翠丝·波特（Beatrix Potter）才开始对英格兰西北部这片湖泊绵延、山岩峻峭的地区产生兴趣的。在伦敦南肯辛顿长大的碧雅翠丝从小爱植物，十六岁那年开始，她随家人在几栋夏日度假别墅间辗转，但她对湖区一见钟情，在温德米尔湖边与艾斯韦特湖附近度过的夏日最令她难忘，这里的花草树木与童年印象中伦敦的那些花园截然不同，英格兰的乡间生活令她感觉自由，也带给她无尽的绘画和故事灵感。从此，湖区便成为她魂牵梦萦的乐园。

比得兔和他的邻居们的故事，总是让我们想起童年那些在花草自然中进行的游玩探险，这只机敏顽皮的小兔子和他的世界，代表着生活之中所有的未知与惊喜以及忙碌与宁静。而湖区远离尘嚣的开阔景色带给碧雅翠丝的灵感，让这些故事有了更风趣、温柔的轮廓，细致之处无尽可爱。那是英国乡间独有的风情。

孩提时代痴迷比得兔、喵贝贝小姐、啪哒鸭、温剌儿太太、提米·威利、松鼠纳特金的世界，长大之后也开始写作的我，则变得更喜欢碧雅翠丝自己的故事。为了实现在湖区定居的梦想，碧雅翠丝不断积累着版税以及园艺知识，直到她在1905年终于有足够多的版税买下湖区梭利村的丘顶农场，着手实现她打造一座自己的花园的梦想：它将拥有四时不同的动人风景，也将成为比得兔系列故事的舞台，以它的美丽与生机，抚平现实世界的创痛，带给读者们一个个风趣可爱的乡野故事。

知道我想念旅行，朋友送了我川宁茶和比得兔的联名款红茶。

英国茶，在我印象中，也是和无忧无虑的童年不同的成年人世界的一部分。都说最深刻的记忆藏在味道中，回想起来，关于英格兰秋日清晨令人清醒振奋的湿润寒意，总是迅速被金红色红茶的浓郁香气驱散。

这些年，这杯茶，从切尔西学生宿舍争分夺秒准备功课的清晨，到布卢姆斯伯里区大学宿舍窗前埋头赶论文的深宵，后来变成 Mayfair（梅菲尔）区风雅的下午茶，肯辛顿区博物馆里精致的约会，还有旅途中那些精致酒店房间里的闲适休憩，或者 Cotswolds（科茨沃尔德）乡间 Cheltenham（切尔滕纳姆）赛马会包间里心跳加速的茶歇。

所以看着红茶盒上的比得兔，我仿佛看见童年的我与成年后的那个自己终于在一杯纯正英国红茶的香气里重逢了。乡野花园中调皮捣蛋的小野兔，走进了杯茶在手什么烦恼都可以放一放的成年人世界。

在这个世界里，无所作为是浪费生命，一味劳碌奔波同样也是，只有将生命耗费在寻找美好有趣的事物之上，并从中实现自我精神世界的完整与丰富，才算值得。这美好，或许就是一杯浓郁芬香的茶，或者一座自己的花园。

在这寒意渐起的秋冬之交，在茶香里再次翻看当年读过的童话，会更明白成名之后依旧选择在湖区的花园里绘画、劳作的碧雅翠丝，那是独属于自己的宁静时刻，专注的闲暇。如今，我们可以在琥珀色茶汤里，再次找回湖区旅行时感受过的宁静。

比得兔会迟到，但不会缺席。像童年的经历，总会在多年之后显现它留在我们生命中的印记。伦敦读书时我在 Covent Garden Market（柯芬园市集）的旧书摊上淘到一本小巧的口袋本《比得兔的故事》，多年后送给了朋友爱画画的小女儿。我希望她能在故事里看见同样的独属于孩童的快乐。

如今，在红茶香气中，我又找回了往昔生活的吉光片羽，那些属于自己的宁静、专注，那些过往，那些远方。更重要的是，这份宁静带给了我，看清前路的清醒。相信童话的人，会创造出属于自己的童话世界。

° 衣橱里的苏格兰

世界上著名的游记作家中，数英国人最多。有人说这是因为专注于旅行的英国人最多，他们总有什么可以逃避：英国的等级制度、英国的食物、英国的天气。

距离产生美。对我来说，英国作为旅行目的地，很有其可取之处。尤其是苏格兰，对出生在南方的我来说，是永远向往的北方的一部分。这块土地有冷峻坚毅的性格，壮阔辽远的景致。比起明亮的夏季，苏格兰的寒冬更独有魅力。拍掉肩头的雪，推门向炉火正旺的壁炉走去，是每次北境之旅的高光时刻。

心仪的目的地各不相同，远行者的行李也总是各有千秋。英国人查特文在印度的火车上随身带着打字机和睡衣，道蒂则带着他英国式的严谨和《坎特伯雷故事集》前往非洲沼地。

我总要在旅行袋的角落里塞一条羊绒围巾，因为质地轻软，分量极轻，折叠后几乎感觉不到它的存在，但是需要的时候，它可以帮我克服机舱的低温、各地机场的冷气、不够舒适的座椅。我们也一起经历过都市降温的夜晚，旷野起风的清晨。

关于我们愿意为喜爱的事经历怎样的辛苦，我曾和朋友说，虽然没有见过凌晨四点的洛杉矶，但我经历过十二月底的苏格兰。圣安德鲁斯郊外的海滩上，每到深冬都会刮起带盐粒的强风，如果找准角度，可以背风后仰，然后稳稳地半躺在风里。这阵风，让我在圣安德鲁斯满城寻找羊绒衫。走进 Pilmour Links 那家墨绿色门楣的 Johnstons of Elgin（约翰斯顿·埃尔金），我对店员说：我要去更北之地，但旅行袋空间有限，所以需要一件最暖最软最薄的羊绒衫。

后来，在高地的深夜，那件可以贴身穿着的米色羊绒衫总让我想起温柔铠甲这个词。

一次次前往高地，因为我喜欢苏格兰的冷峻开阔，连同它的风雪。现在在身处千里之外，我明白过来，比起风雪严寒，我更喜欢的是苏格兰人用以抵抗这种气候的物品：温暖的烛光、金色的威士忌、厚实的大披肩、柔软的羊绒衫。它们是冬天的同义词，也是冬天的反义词。

。 总之

多年前从上海飞往悉尼的红眼航班，是临时接到的出差任务，我把澳大利亚看成了澳门所以爽快地答应下来，等发现之间差数千公里的路途已经来不及。匆忙收拾行李去机场，内心却依旧有些开心，因为想着可以看到南十字星。后来发现为澳门准备的衣服在季节倒错的澳大利亚，厚度实在不够。

一个空位都没有的经济舱，吃了什么飞机餐已经不记得，不是牛肉面就是鸡肉饭。航班飞进夜色中的时候，我努力把自己折叠进窄小的座椅，但脖子和腰总是不肯配合。迷迷糊糊间熬到深夜，觉得自己是被扔在舞台角落的提线木偶。

这时前排有个孩子哭闹起来。大人安抚哄骗的声音渐渐弱下去，孩子的哭闹变成了号哭。机舱的灯光已经调暗，我能感觉到逼仄的空间里大家疲惫的忍耐，几乎可以听见上百个腰酸背痛的成年人在对一个幼儿许愿：不哭了，很快就要到了。

舷窗外一片漆黑。很快就要到了，一定是句谎言，所以许愿无效。漫漫长夜中，耳膜的存在特别明显，因为它们还在因为机舱的气压而隐隐作痛。

孩子依旧大哭。

我把毫无作用的耳塞从耳朵里拿出来，把缠在头上的毯子解下，摇摇晃晃循着哭声走到前舱去。小男孩原本是和妈妈一起坐在第一排，此刻他正躺在地板上蹬着腿哭。我走到他身边才发现自己什么玩具都没有，只能把空手伸了过去。小男孩停止了哭泣，从地上爬起来，狐疑地握住了我的手。他刚会走路，被毯子绊倒，又速速爬起来，撩起上衣拍拍自己的肚腩表示没事，一点都不痛。

妈妈早已经精疲力竭，给了我一个无奈的笑。

我和小男孩在机舱幽暗的光线里玩起了无聊的游戏，拍手，捉迷藏，折餐巾纸，交换捡到的塑料饮水杯，看杯底有什么：什么都没有。玩了半个多小时，他终于累了，爬回座椅上，靠着妈妈闭上眼睛打起盹来。

我回到自己的座位上，重新塞好耳塞，缠好毯子，重新回到下班提线木偶的状态。我已经长大了，不能再靠哭泣得到陪伴或者快乐。

我们学会了快速擦干眼泪，这样才能看清万事万物上的价格标签。尽管很多时候，我们和生活做的交换，和那些在太平洋上空的黑暗中滚来滚去的空塑料杯一样，里面什么都没有。

几年后去伦敦出差。飞过去，住一晚，工作一天，再搭乘第二天早上的航班飞回上海。整个西伯利亚都盖在皑皑白雪下，曼德尔施塔姆在何处写他最后的信？

飞机降落在午后的伦敦，都是熟悉的套路，拿完行李后走无申报通道，在出口左边的超市买两盒水果，带回酒店，搭配客房服务送来的比萨。用现金结账，这样就有足够的硬币给小费。买好水果，在形形色色的牌子中找到写着自己名字的那块，微笑点头，司机了然地接过行李箱，转身朝停车场走。

这次住的酒店在金融城附近的舰队街，留学的时候不太愿意来的街区。路过西敏寺想像读书时候那样对一下表，发现大本钟被脚手架和白色塑料膜裹得严严实实。"要修四年。"司机告诉我。当时我觉得这是很漫长的时间。

忙完工作，一月的伦敦，下午四点三十分，天色早已经黑透。在酒店房间无事可做，到酒店附近的咖啡馆买咖啡，店员问我：Would you like it regular or large, they're the same price.（你要常规的还是大杯的？它们是一样的价格。）我觉得这是我听过的最复杂的问题了，犹豫一秒钟回答：I'll go for the large if so.（我要大杯。）如果有人给你两个选择，你又不知道如何决定，甚至不明白问题本身，我是会选后者的那种人。一个不彻底的人。但生活也不会为彻底的人颁奖。

隔壁的甜品铺门口，泰国来的一家四口，爸爸在给大家买冰激凌，Ben & Jerry，草莓味，巧克力味，香草味。冰激凌和咖啡，漂浮。我听见自己在自言自语。漂浮的感觉，不仅仅是时差的关系。

回到房间，我发现咖啡店的咖啡和房间里的免费咖啡是差不多的味道。新闻里说，一个十六岁的少年因为一包烟枪伤便利店的店员。巴拿马油船在东海起火燃烧。朝韩会谈。

生活被我们过得一塌糊涂。

第二天一早，我收拾好行李，睡衣外罩上大衣，连早饭都不吃就坐在酒店大堂等司机。上幼儿园时，也曾这么心急地等过家长来接。机舱依旧很满，空乘小姐问我要香槟还是气泡水或者果汁，我说我要冷牛奶。她疑惑，然后微笑，说：稍等。

在等牛奶的时候，我又想起飞往澳大利亚的航班上那个半夜哭泣的孩子。现在他应该长大很多，或许也已经到知晓凡事不是靠哭泣就能解决的年纪。再过几年，他又会明白有些东西不需要哭泣也能得到。成长的好与坏，谁说得清楚呢？

总之是要先期待再后悔的。

° 花有重开时

櫻花又开了。多年前在櫻花满开的季节，去日本采访民艺手工制作，其中一站是和纸制造。从奈良开车很久才到达山村，车经过建在山之间的红色铁桥，桥下深渊如墨，衬得吉野櫻灼灼似雪光。山村条件有限，晚上我与担任翻译的女孩住一个房间。老旧的乡舍，榻榻米是柔和的暗黄色，长而窄的窗开在墙的高处。

夜晚房间里有一种寂静的青灰色光线，在清晨时分变成清凉潮湿的暗绿。我感觉到翻译在房间另一头起床的动静，我听到的，与其说是细微的声响，不如说是她尽量不发出声音打扰我的小心翼翼。

天色亮起来时，她已洗漱完毕，化好妆，被褥也已经整理好放进壁橱。光线从她身后的高窗照进来，她跪坐在榻榻米上，看着一天的行程安排。

后来我在向田邦子的妹妹撰写的《向田邦子的情书》一书中读到，向田邦子经常熬夜在楼梯的转角赶稿，第二天家人起床前，她会把稿纸、文具、矮桌收起来，不留一丝痕迹。

如今这本从台北寄来的书不知道在上海住处的书架上哪个

角落。和向田邦子的才华比起来，这本回忆录简直可以说很无趣寡淡。但我还是牢牢记住了这本书里这个场景。因为那个山村的清晨，让这段描写变得无比生动，仿佛历历在目。此后读向田邦子的小说，每每读到精彩处，会忍不住掩卷感慨，这是她深夜到黎明，独自在楼梯间跪坐着写出来的句子啊。

那些开在暗淡天光里的花。

已经很久没有旅行，今年的春游也不会出远门，却因此读了很多书。曾经是旅途让我明白，我们需要的其实这么少，不过是一只自己的背包和一张借来的床。我们日常囤积的物品和成见，以及自以为是的身份和骄傲，在那些突然出现在地平线上的风景面前，无足轻重了起来。

也是旅行提醒我，日常生活是多么安稳又琐碎。它告诫我不要在生活里沦为一个停滞的人。后来我学着面对这种琐碎，学着去喜欢上这些琐碎代表的很多事情，学着重新定义生活里的轻与重。

这段时间，我在四季景色变化的窗前完成了两本书的翻译，写了一本随笔。如今在等摄影集的完成。时常来窗台上吃饼干屑、面包块和草莓的鸟，会在清晨用美丽的歌声催我起床。我们不需要多大的空间、多舒适的环境，就能完成创作。

这一年给我的最直接的感受，却和远行给过我的感受这么类似。看最美的风景要最轻的行囊。生活也是如此，我们不需要繁复的物质，也能活得丰富。这么多年，我终于看清楚，靠放弃究竟获得了什么。

一个深夜，完成当天的翻译之后，我去厨房研究司康饼的做法。将黄油与柠檬都切成碎屑，混在筛过的面粉中。我准备把它们做成介于饼干与传统英国司康饼之间的某样东西。面粉与黄油混合成团之后，将面团擀成薄片折叠数次再切开。这样，即便是略薄的司康饼，也会有丰富的层次和松软的质地。然后我要在上面浇上用糖霜与柠檬汁混合而成的糖汁，等待它凝固后变成半透明的糖衣。

在黄油柠檬香里我记起来，桌山的山顶常藏在路过的云或海上来的浓雾之中。就像面前，这些裹着糖衣的司康饼。或许桌山，就在那晚我厨房窗外的夜色里。

以前马不停蹄走过的路，那些因为心急囫囵吞下的风景，现在重走定会有新的感悟。但仅仅是记得它们，也因为我如今拥有的耐心，给它们足够的时间在记忆里细致具体起来。像一张仓促中揉皱塞进口袋的玻璃糖纸，渐渐舒展开。让此刻，让以后，都有了这颗糖的甜味。

我很高兴我去过，我很高兴，我记得。

在斯库罗斯岛上

我无法再对某件事情充满热情了，

时间慢慢地摧毁了我。

——滨口龙介《偶然与想象》

有天深夜关灯之后，我突然想不起来阿喀琉斯为躲避悲剧命运而藏身的岛屿叫什么名字。

希腊神话中的英雄，有些义无反顾地奔赴自己被预言的命运，有些恰好在逃避命运的路上实践了它。因为这份注定，他们都成了悲剧英雄。但有一个人不同，他因为深受诸神宠爱，而曾获得过选择的机会：作为普通人过完庸碌漫长的人生，或作为战功赫赫的英雄早早去世。

他就是海洋女神忒提斯的儿子阿喀琉斯。忒提斯自命运女神处知道了儿子的命运后，将他送去一个小岛，男扮女装，过着歌舞升平的日子。因为长相俊美，迟迟无人识破他的身份。正如预言所说：庸碌而长寿。直到奥德修斯到来，他在人群中辨认出了阿喀琉斯。阿喀琉斯就随奥德修斯离开小岛，前往特洛伊战场，走向了另一种命运：他将成为英雄，并死在阿波罗或者帕里斯的箭下。

虽想不起小岛的名字，我依旧安然睡去。因为这个岛即便已从我记忆中消失，被完全抹去，但它一定有无数的版本，存在于网络的某个地方，离我不过一个指尖的距离。

比夜更深远的空间里，无数个记忆的副本。

如今关于网络信息泛滥的负面影响已有很多讨论，但我始终感激，作为现代人十分依赖的信息检索平台，网络技术有它的仁慈之处：它帮助人记得，更鼓励人遗忘。一句旋律来自哪首歌。诗人的名字。蜗牛有多少颗牙齿。一个国家的疆界。冥王星距离我们多少光年。

大部分不记得的时候，我们过得比较幸福。

时钟并不衡量时间，它创造了时间，用以计量我们的遗忘。然后人类创造网络，在时间之网的缝隙中盘根错节地延展着，创造出一个新的维度。因此，我们如同阿喀琉斯，拥有了两个选择：遗忘与记得。

想起多年前，朋友曾给我看过一篇小说。作为杂志主编的她总是收到很多投稿，而那一篇她不太有把握。知道我喜欢读科幻，所以发给我看。

读完那篇故事，我明白了朋友的犹豫。作者用赋一般华丽而晦涩的辞藻，意识流的叙述，讲述了千百年以后宇宙深处一个即将毁灭的星球上，一个祖辈来自地球的人，面对该星球的文明母体，一种意识与实体混合的存在之中，点滴关于地球的记忆，彷徨落泪。

她是他们的来处与全部。他在逃离与死亡之间，最后选择与整个种族和文明的起源一同毁灭：一个流落到宇宙深处的阿喀琉斯，再次面对两种选择。

因为科幻是人类对未来的终极幻想，仿佛就预设了其中一定会有"过度的漠然和美——无情和璀璨的力量在呼唤"。但这篇科幻小说之所以让我如此念念不忘，是因为故事里没有人类在无垠星河中开疆拓土的豪情壮志，更没有置身更高级文明之后的意气风发，自然也没有大部分科幻小说中，新宇宙秩序下的冰冷优越感。

它的感伤几乎是《野棕榈》结尾的星际穿越版：如果星球的母体随星球毁灭了，如果他自己也随之灰飞烟灭，那关于地球的最后一抹记忆也将不复存在，茫茫宇宙、万千银河里再也找不到关于那颗蓝色星球的丁点记录。

又或者像特洛伊战争结束之后，在海上漂荡十年的奥德修斯去冥界探询命运时，偶遇旧时战友阿喀琉斯的亡魂时那种虚无。面对奥德修斯热情的赞颂，阿喀琉斯怅然地说：比起冥界的君王，我更想做凡间的奴隶。

阿喀琉斯在他无尽的为神的岁月里，怀念着肉体凡胎的斯库罗斯岛。

由于这篇小说最后未能在杂志上发表，所以它没有在纸上或者网络上留下确切的记录。现在它可能存在于那位作者已经弃用的旧电脑里，以及我脑海模糊的记忆中。

每一次遗忘，都是一座逃避时间和命运追捕的斯库罗斯岛。如果我有一天终于把这个故事忘记，那么，繁花似锦的斯库罗斯岛就又多了一座。

没有光亮的遗忘之海的尽头，漂满了斯库罗斯岛。岛的上空盘旋着，我们想要逃避的记忆，或者命运。

一棵名叫安静的树

我的乡间生活，要告一段落了。

因为想要燃烧时绝对无声且稳定，如同静止般的香氛蜡烛，买来玻璃杯向朋友定制了几个。衣橱深处找到的旧棉布，白色的女贞花，安静的火焰，很像我这一年多的生活。

伦敦留学回来那年，我也曾在家住了整整一年。除了偶尔更新博客，不与外界有任何联络。无所事事。

欧洲旅行时寄给自己的明信片陆续到了，我把它们贴在路边捡回来的旧门板上。春天时，把房间里所有的家具都漆成了白色。墙上画了黑色的燕子。

燕子是一种会随季节归返的鸟类。

房间里没有电视，但有一台德生的无线电收音机，会听见带着杂音的歌，各种奇奇怪怪的广告。原本是留学前为学习英语买的收音机，我却拿来听深夜电台。到深夜，宿舍的铁架床上，我躲在被子里听广播。电台总播放即便在那时也已经算很老的歌，还会读各种旧文章。我第一次听王小波的小说，就是在电台。（其实，播客很早就存在了呢。）最后，所有电台都睡了，只剩下噪声。像全宇宙，都飘着灰色的沙。

练了一阵毛笔字，笔落在纸上，墨仿佛有自己的意志，跑得比我的心更快。把颜体写成了柳体。看了一些书。看完将它们像砖那样垒起来。世界在那边，我在这边。

大学最后一年，我最喜欢的一张 CD 是 Mischa Maisky（米沙·麦斯基）和 Pavel Gililov（帕维尔·吉利洛夫）合作的勃拉姆斯。因为收声的缘故，有时会听见 Maisky 的呼吸声。

我去看《最后的晚餐》那天，在米兰街头因为迷路而偶遇 Maisky 的演出海报时，有片刻的迷惑，以为自己走进了记忆里。有人在 Maisky 的眼角画了一个蓝色的涂鸦，我走近细看，确定它不是照片原有的图案。蓝色，很适合他。

多年后的一个深夜，很少有人听无线电收音机，也没有人写博客的夜晚，音乐 App 随机推荐里，响起了熟悉的大提琴声，随即是朴素笃定的钢琴音。

时间像圆，我们走啊走啊走的，就和自己相逢了。而我当年种下的，那颗叫安静的种子，已经长成了大树呢。

° 心酸

一年中，五月是我最喜欢的月份。

这个五月，我学会了做一道新的菜。很简单又很美味。

去复旦大学和创意写作课的同学做了两个半小时的交流。班上有个同学告诉我，她就要拥有自己的小猫了，想一想就觉得很幸福。

这个五月，我几乎每天都去小区门口扫一下那辆有故障的自行车。它看起来是簇新的，看不到任何破损。但就是坏了。

想起来，当我内心坏掉的时候，朋友也是这样定期来扫码：

一起吃饭吗？

想去逛街吗？

你在干什么呀？

做饭时烫伤了手指，伤口结痂之后，触摸物品时会有磨砂般的手感，似是而非的温柔。

五月下过几场非常大的雨，朋友下班开车来接我，到住处拐角的便利店买两支棒冰，两个人坐在车里听着雨声吃完。

五月的上海，有时夜晚冷得让人想喝一杯热可可，马普尔小姐看侦探小说时会喝的那种。

这个五月，我常常去朋友家蹭饭。吃了好几顿美味的饭菜，吃完饭倒在沙发上看电视吃甜点。有时朋友下班晚，我就借他们的厨房做好饭等他们回家。

我想生活在生活里。面对面地交谈，肩并肩地散步。在同一张桌子上尝到的饭菜，毫不在意摆盘，没有人拿手机拍照。

五月，我发现《无人之境》中那句最爱的歌词"回望自己的心"，其实是"浑忘自己的姓"。

五月，我收到的最令我感动的赞扬是：你的女主角选择了她微暗的尊严，这是故事动人之处。文字因此有晚霞之美，为寻常、平庸之物，通通镀金。

五月的最后一天，锻炼时 Keep 推送给我的金句是布罗茨基在《小于一》中的话：你会被你所爱的东西改变，有时候达到失去自己全部身份的程度。

虽然我想，Keep 说的失去的部分大概是脂肪，但如果我们能舍弃关于自身认知的桎梏，那就能在盛夏的阳光里，感受只有爱能给予我们的自由。

这个五月，我明白了糟糕的日子，不是没有被记录下来的那些，因为并不是每天都有那么多阴差阳错，起承转合。每一天，每个人，各自命运。

糟糕的日子，是没有为自己内心向往做出努力的那些。有时这向往不过是一支奶油冰激凌，或者一个拥抱。

我们谁都不确切知道，我们想从这个世界得到什么，又会从这个世界得到什么。但我始终记得，乔治·桑曾对福楼拜说：现在轮到你爱得更具体些了。

爱得更具体些，总是没有错的。这样你的时间会有一个真诚的内核，你可以脆弱、犹豫、刻薄，但这些情绪是真诚的，经由这些情绪去观察到的世界，被度过的时间，最终会成为想起来时觉得踏实的记忆。

之前有人留言说，我从来不说自己的故事。虽然我认为我写下的每一个字都是我的故事，但或许我该讲得更具体些。比如有一年，也是五月，在一段艰苦的旅程中，有人捡到我遗落在车上的保温杯，还给我的时候，保温杯已经洗干净，并灌好了热水。随即他又递给我一包水溶维生素 C 冲剂。"不要感冒了。"他说。

好像我们都没有那么容易向困难低头。但每次遇到温柔的人，就会输。

五月，就是这样温柔的月份。

远行结束的时候

　　在离开亚马孙原始丛林十五年后，曾于地球诸多遥远角落探索古老文明的人类学家克洛德·列维－斯特劳斯这样为《忧郁的热带》一书开场：我憎恶旅行和探险家。在列维看来，现在的旅行者带回来的都是经由数道加工程序炮制出的道德香味素，用以刺激都市人无聊的感官，就像更久远以前，探险家冒着生命危险寻找胡椒这味为舌尖带来麻辣感的香料。

　　列维有一张照片，拍摄于亚马孙丛林，他站在树枝搭建的简易餐桌前，桌上放着铁皮炊具，再旁边是宽阔的河流，再过去是经常被裁切掉的赤裸的亚马孙丛林原住民。拍摄这张照片的1938年，加拿大裔美国铁路大亨、金融家詹姆斯·杰罗姆·希尔的曾孙皮特·彼尔德（Peter Beard）在纽约出生。三年后，列维登上最后一班开往美国的难民船"保罗－勒梅赫勒船长号"离开被德军占领的法国，以流亡学者的身份前往纽约。

　　1955年，无论是学术研究还是婚姻生活都遭遇挫折、陷入人生低谷的列维将自己多年游走世界的经历写成了《忧郁的热带》这本书。同年，十七岁的彼尔德第一次踏上非洲的土地，从此肯尼亚成为他的第二个故乡。

有人回望，有人出发。他们的人生中都有一个关于远方的故事，我会猜想，如果不计年龄的差异，彼尔德与列维能否在纽约这个共同的屋檐下成为朋友。大约是不能，列维是书斋里披着社会学家外衣的哲学家，而彼尔德是混迹纽约各大俱乐部的蓝血世家子弟，约会模特是他最大的消遣。

出身名门、外貌英俊、性格外向的皮特·彼尔德在耶鲁大学修的是艺术，此外热爱摄影和写作。半个世纪之后，挑剔的时尚杂志会将彼尔德随性简单的穿衣风格与好莱坞巨星詹姆斯·迪恩和史蒂夫·麦克奎恩相提并论。他的社交圈里除了时尚人士和名流，还有艺术家，比如安迪·沃霍尔、达利和弗朗西斯·培根。其中，尤其与培根的情谊最为深厚。培根去世后，在他工作室里发现了两百多张彼尔德拍摄的照片。毕竟，培根曾说过："要寻找自我，就需要在最广阔的自由中漂泊。"

彼尔德的旅行比绝大多数旅行者更深入也更奢侈一些，因为《走出非洲》这本书，二十三岁那年，他在肯尼亚买下一块牧场，邻居正是小说的作者凯伦·布里克森。正是在肯尼亚，彼尔德开始了他最重要的创作，经营牧场，并用镜头和笔记录非洲大地上野生动物和原住民的生存状态。

20 世纪 70 年代，彼尔德的作品开始在世界各大美术馆画廊展出，摄影集和散文集相继出版。人们在他的作品里看见以彼尔德独特个人风格展示的远方，有涂鸦、枯叶、血迹和说不尽的仰慕，藏在荒蛮的美丽之下。列维或许会将它们形容为滋味格外强烈的感官香料。你总是能在数不胜数的关于非洲的照片里，辨认出彼尔德的作品。2017 年，彼尔德的代表作之一，他于 1968 年 3 月拍摄的一对幼豹孤儿在纽约佳士得拍卖行拍出了六十七万美元的高价。

"我们在世界各地旅行，最先看到的是我们自己的垃圾，丢掷在人类的颜面上。"列维在《忧郁的热带》中这样写道。但彼尔德确实见过一些只属于远方的自由，他试着站在都市人的阵营里，用镜头记录下人与自然之间越来越分明的界限。在他的作品中，你会为始终存在的那份努力感动：一个乐观的少年仅凭单纯的爱意理解并跨越着文化的藩篱。

2020 年 3 月的最后一天，饱受老年痴呆和中风之苦的皮特·彼尔德离开自己位于长岛的住所，不知所终。二十天后，一个猎人在蒙托克角的密林中发现了他的遗体。在生命的最后时刻，皮特·彼尔德像他最喜欢拍摄的大象那样，离开族群，独自走向孤独的旷野，寻找最后的安息之所。近一个世纪的远行，就此结束。

° 一点新，一点旧

　　早春的因弗内斯，正从寒冬里苏醒，湖心的小岛有人在钓鱼，广场上有壮观的风笛演奏。我在二手书店逛得忘记了时间，等买好午餐跑进火车站时，发现回邓迪的火车已缓缓开动。看见飞奔的我，站台上穿制服的铁道员大叔举起了手里的旗帜，火车减速停了下来。我顺利登上回程的火车，大叔在站台上朝我挥手，我大声喊着谢谢，看他的身影在车窗外渐渐变小，然后高地的湖光山色将我包围。

　　从此苏格兰高地就成了我的情意结，一个愿意照顾我的笨拙并等一等的温和胸怀。

　　在我心目中，苏格兰不只有荒芜的旷野，住在荒凉古堡里的伯爵大人。在这个依旧无法远行的春天，和你分享我喜欢的苏格兰的另一面。祝我们能再次从日常出发，飞向下一个充满无数可能与精彩的远方。

梦幻游乐场

The Gleneagles Hotel

Gleneagles 酒店位于苏格兰中心的 Perthshire，从爱丁堡机场前往酒店的路途中，远远望见 Dumyat Hill 上著名的华莱士纪念碑，才知道酒店与苏格兰民族英雄威廉·华莱士带领军队大战英格兰的斯特灵相邻，Perthshire 正是当年苏格兰与英格兰交战的北方重镇。

但踏入酒店庄园的刹那，气氛就完全不同了。金色夕阳下的喷泉和餐厅的音乐声，轻松愉悦，展示着苏格兰风情的另一面。

酒店外观是典型的苏格兰乡间大宅，内部装修则以深浅不一的橄榄绿色调、苏格兰格纹、大理石装饰和铸铁贝母吊灯，克制地复原了纸醉金迷的二十世纪三十年代。不仅仅是伦敦才有的高质量生活，在旷野之中体验，更有一份独特。

这里还是体验苏格兰美食的好去处：苏格兰唯一的一家米其林二星餐厅 Andrew Fairlie 就在这里。除此之外，酒店还有 7 个餐厅与酒吧。你总能找到一个隐秘的角落享受美食与美酒。

晚餐前的 The American Bar 人气很旺，酒吧旨在将人们带回辉煌的二十世纪二三十年代，所以这里有最好的鱼子酱、鸡尾酒与香槟。

有壮观廊柱与高高穹顶装饰的 Strathearn 餐厅是我的最爱，菜单洋溢着苏格兰海岸线与群山的气息，喜欢清淡的人可以选扇贝与生蚝，喜欢肉食的则有苏格兰羊腿可以选择。

酒店还为不同年龄阶段的客人们准备了马术课，其中为孩子们准备的马术课上，小伙伴都是设得兰小矮马。

美酒、美食、音乐，眺望高山的舒适房间。在我心目中，Gleneagles 是霍格沃兹一般神奇的游乐场。传统高地生活不仅仅是适合具有冒险精神的人才能享受的"荒野探险"，它也可以充满舒适享受和轻松乐趣的体验。

Winton 城堡

说起苏格兰，很多人会想起《麦克白》。狂风呼啸的荒原上，住在荒凉城堡里的贵族，衣食住行都非常潦草。

苏格兰的城堡都是这样吗？如果你去爱丁堡，一定要去 Winton 城堡看看。她位于爱丁堡郊外的 Pencaitland，是苏格兰望族 Seton 家族的祖产，历史可以追溯到十五世纪。但自十八世纪被汉密尔顿家族买下，从此就有个不成文的规定：这座城堡的继承人必须是女性。

在几代人手中，Winton 城堡被逐渐改建成如今的样貌，并向公众开放。车驶过护城河与花园，停在城堡门口，客人踏进城堡，就会被她与严峻的外貌截然不同的温馨内饰吸引。壁炉中炉火正旺，鲜花在历代主人的古董与艺术品收藏边盛放。

Winton 城堡收藏的这些古董瓷器与油画，人物画来自法国，风景画则出自苏格兰艺术大师之手。或许算得上家居混搭风的鼻祖。

很多人觉得，苏格兰与"文艺"似乎扯不上关系。但Winton 城堡的旅行就是一堂普及课：她被公认为代表苏格兰文艺复兴时期建筑风格的重要建筑，城堡内的纹章和天花板，是历史研究的重要参考素材。这些房间，都对来到这里的客人开放。

精致，美丽，温馨，这里是苏格兰文艺生活的范例。在Winton 城堡，能看见苏格兰粗犷之外，细腻的一面。

Balmoral 城堡

英国女王是奢华生活的代言人吗？

其实比起那个世人皆知的温莎城堡，远在苏格兰的Balmoral 城堡对女王来说，才是真正的家，一个避世的港湾。自 1852 年起，这里就是皇室的私人宅邸。

每年都会在这里度过夏天的伊丽莎白女王曾这样形容这片土地的广阔：You can go out for miles and never see anybody. There are endless possibilities.（你能走数英里不见一人。这里有无边无际的可能。）

城堡一直由女王亲自支付所有的费用支出。在这里她只是伊丽莎白，在名为"园丁小屋"的小木屋里看着远山积雪写日记。游客可以远远眺望那间不对外开放的小屋。已故的菲利普亲王则负责照顾城堡的菜园子，确保厨房的蔬菜供应。

这就是苏格兰的魅力吧，大家都过得轻松自我。

下一站心愿

说到苏格兰的美食，很多人可能不太了解。就像我们说起英国的食物，脑海中就会闪过"鱼和薯条"。

现在，苏格兰的米其林餐厅正在不断涌现。而梦幻的 Isle of Skye "天空岛"有了第一家米其林餐厅，成为我想再次前往高地的理由，也为苏格兰的风情，添加了不同滋味。

主厨 Michael Smith 将自己对苏格兰山水的热爱，寄托在他的餐厅 Loch Bay。在这里，顾客可以看着绝美的海景，品尝到由当地新鲜水产与蔬菜这些食材带来的纯正新鲜的苏格兰味。

着装指南

看了这么多，你可能要问，要去苏格兰旅行的话，是穿冲锋衣去荒野，还是穿礼服去高级餐厅？我觉得，在苏格兰，你应该穿得跟女王一样：永远穿着防雨的 Barbour 外套，可选择的时尚单品则有防风的丝巾，以及徕卡 M 相机。

女王的这件 Barbour 已经穿了三十年，保养秘籍是定期为外套打蜡，从而达到防水效果。她对爱马仕丝巾的爱好，也由来已久。无论是年轻时策马扬鞭还是山地徒步，女王都会为自己搭配花纹鲜艳的丝巾。随性实用，低调时髦，迅速掌握苏格兰的风格脉搏。

另一个时常出现在女王穿搭中的配饰是格纹羊绒围巾，坚持在苏格兰水洗制造的 Johnstons of Elgin 质地轻柔，保暖性极佳，值得考虑。

延伸阅读

暂时还无法远行的我们，可以在出发前做一些知识储备。这里有两本书，我觉得是关于苏格兰极佳的导览。帮助我们了解的，不仅仅是那里的风笛、威士忌和高山，还让我们贴近她的脉搏，去感受她的精神世界。

你也可以关注英国国家旅游局微信公众号，在近期发起的"见你未见"系列中，浅尝不一样的英国：真实、多样、广博。再次远行的那一天，即将到来。

The Living Mountain《活山》/ 娜恩·谢泼德（Nan Shepherd）

"我曾站在莫纳利亚山脉的山肩眺望斯戈杜乌山，它背后的隘谷里紫罗兰正在怒放，这幅景象常常萦绕在我梦中。那条隘谷，生存其中的万物，以及其生动得几乎可以触碰的深蓝色，让我的一生都与大山紧紧相依。"

这本小书可以看作苏格兰山地徒步深度指南，或者高地精神宝典。来自阿伯丁的苏格兰作家、诗人，Nan Shepherd，一生与高山为伴。她在这本书里写下了自己对这片山水的热爱，高山深谷，雨雪风霜，树木花草，都向她敞开怀抱。

这本书，带来满满的苏格兰氛围感。

Wild Guide Scotland / Richard Gaston

苏格兰的景点只是我们在旅游手册里看见的那些吗？答案是：当然不！

作为土生土长的苏格兰人，青年摄影师 Richard Gaston 在这本摄影集中，记录了他眼中的苏格兰。将带你远离那些已广为人知的景点，前往苏格兰 900 个动人心魄又人迹罕至的秘境。

如果可以旅行，我决定，我的第一站会选苏格兰。要是金色的秋天来不及前往，那就在雪花纷飞的时节。

期待着再次拜访它开满紫色高山蓟的暗红色原野，无边无际的墨绿色苔原。更重要的是，去体验这片古老的土地上，新旧交融的生活方式，新的美味，新的风貌。

第三章

读书

我们没有成为别人

° 书房的光

　　书房总给我明亮的感觉，即便是多云或阴雨的日子也是如此。

　　因为翻开书来，总有什么精彩的故事、精确的描述、冷静的洞察在等待我。

　　那些永不熄灭的光亮。

谁此刻孤独

谁此时没有房子，就不必建造，

谁此刻孤独，就永远孤独，

就醒来，读书，写长长的信……

——里尔克《秋日》

新的一年重读的第一本书是 *Stoner*（《斯通纳》）。

这本书写的是一个人不足道的磨难、朴素的坚持、缓慢的失去，以及长久的心痛。

"因为你总是对这个世界有所期待，而它没有那个东西，它也不希望如此。"

青年斯通纳获得政府资助，从贫苦的小农场前往哥伦比亚读农学。在选修的英语文学课上教授要他解释莎士比亚的十四行诗，斯通纳什么也说不出来，但是某种向往已在他心里扎下了根。他决定改修旁人看来与他毫不相干的文学。从此斯通纳的人生改变了方向，他开始朝着另一种广阔与孤独走去。那里与祖辈洒下汗水的无边无际的土地不同，是另一场喜乐悲伤掺杂的跋涉。带着对困苦、饥饿、忍耐的知悉，他开始用心灵而不是双手去构建一片天地。

中文版《斯通纳》上市那年，我向很多朋友推荐这本书。翻译过很多好书的陈以侃偏爱约翰·威廉斯的第二本小说《屠夫十字镇》，一本曾被误认为西部小说的杰作。他觉得"学院派"的《斯通纳》里有太多知识分子的自怜。

我喜欢《斯通纳》或许就是因为这份自怜：除了为着自己剖析，为了追索答案，谁愿意如此费尽周章记录下表面波澜不兴的生活，直到心痛与无声的追问让这潭冰冷的水起了波澜。

"他走出办公室，踏进漫长走廊的黑暗中，步履沉重地走进阳光里，走进外面开阔的世界，无论他从哪里转过身，这个世界都像一座牢笼。"

为什么？我们好像没有得到过什么，却失去了这么多。生活的种种不对等，最后以一颗丰富的心灵作为补偿。是不是该满足？

斯通纳要到很后来才明白，仅仅爱是不够的，爱太自我太盲目，对于我们爱的人，还要鼓起勇气去了解。在这个过程中，我们也在了解身处的世界，并或许会顺带着为自己找到出口。

威廉斯在写完他的第三本也是最后一本小说《奥古斯都》后再未涉足小说领域，继续当他的教师。

我发现，威廉斯的主题，都是世界如何改变或塑造一个人。无论是留在象牙塔里的斯通纳（最接近威廉斯自己的角色），在野牛群中发现自然不仅仅是诗意与恬静，也是严峻和杀戮的哈佛大学学生安德鲁斯，还是那个出身显赫、备受宠爱、长大后统治罗马帝国四十年的奥古斯都，他们都在朝世界走去的路上，经历了痛苦的蜕变。

在《斯通纳》中，威廉斯的文笔如流淌的河水，看来和缓平静，波光粼粼，但水面下是不肯回头的激流。我很喜欢书里这个不起眼的片段：斯通纳第一次以教师的身份踏进课堂的刹那，是光照进棱镜，然后偏转的瞬间；是一个人，意识到自己已经成长，再也回不去昨天的那刻。

"就这样，斯通纳从自己最初开始的地方启程了，一个高大瘦削驼背的男子站在同一间教室，当年同样高大瘦削的男孩坐在这里听着最终把他带到这里来的那些话语。他每次踏进这间教室都会瞥一眼自己曾坐过的那个位置。他总是有一些惊讶地发现自己不在那里。"

很多人说，我们没有能改变世界，却被世界改变了。但其实从我们存在的那刻起，世界就已经不一样了。

我们存在，就是为了存在本身。最终却在承受之中，成就了些什么。

。 植物的力量

迷迭香、药蜀葵、金盏花、薰衣草、百里香、麝香草花、洋甘菊、大马士革玫瑰、突厥蔷薇、中亚苦蒿等植物的花叶萃取物，以及乳木果、白扇羽豆、大花可可树果、日本晚樱花……这张洗发水成分表，是我最近读到的最诗意的文字之一。

总能让人觉得美好，并提供治愈，这就是植物的魅力。如此想来，那些烈日下的劳作，就变得值得起来。

像植物那样活着，是我的理想。

《末日松茸》/ 罗安清 著
资本主义废墟上的生活可能

松茸无法人工培植，却又只能生长在被人类活动破坏过的森林中，因为那里的土壤适宜它与松树共生。秋天来时，松茸开始散发独特的浓郁香气。它除了是难得的美味，也是一个完美比喻：当资本主义甚至是人类现代文明的秋天到来，欣欣向荣物质丰富的夏天成为过去，我们要如何在消费主义留下的废墟中继续生活，如何面对不确定的惶恐。

人类学家罗安清在日本东京与京都、美国俄勒冈州、中国云南、芬兰拉普兰等地的田野调查中，跟随松茸从身份各异的采摘者手里经过中间商周转最终抵达消费者餐桌的路程，同时探索着人类社会的走向。

这就是植物告诉我们的道理，我们看似独立，但我们的命运永远以无法预料的方式交织在一起。就像云朵里那些从海洋、沟渠、茶杯、眼泪，以及很多很多毫无关联的地方汇聚到一起的水滴，松茸告诉我：要允许缠绕（entanglement），因为那是我们命运的轨迹。

我们和世界的距离

朋友问我为什么不喜欢去影院看电影。菲利普·拉金曾说：我不喜欢戏剧，因为它发生在公众场合。我想我不喜欢电影也是出于同样的原因。

有时，我们进入公共空间，只不过是为了证明身边这些人跟我们无关。或许有关联，但非常有限。这种认知带来的孤独感，很快就成了慰藉。因为只有这样，我们才更深切地体会到，这个世界与我们的关联在另一些地方，更隐蔽，也更紧密。

在那里，我们走进彼此的生活，我们可以打开对方的衣柜、书柜，以及内心。在那里，我们可以互相描述梦境，毫不保留地表达爱憎，坦承勇气与脆弱，我们并肩凝视疾病与死亡。在那里，没有一刻时间是浪费的，连沉默与空白都是交流的一部分。

这就是，发生在阅读中的，我们和这个世界的关联。

与文学

《文学讲稿》

弗拉基米尔·纳博科夫 著

上海译文出版社

最近纳博科夫的文学评论取代森茉莉的散文成为我的枕边书。生活风格寡淡的人，对高浓度的文字没有抵抗力。纳博科夫无论在什么季节，都足够炙热，足够浓郁。

好的写作者一定是好的读者。最好的写作者也即是最好的读者。"衡量一部小说的质量如何，最终要看它能不能兼备诗道的精微与科学的直觉"，纳博科夫认为，要体会与理解符合这种标准的天才之作，仅仅用心灵和头脑是不够的，而是要用脊椎骨去读。这本《文学讲稿》，就是纳博科夫的脊椎骨，靠着它的支撑，凡夫俗子如你我，也能成为合格的读者，去更好地理解简·奥斯丁、福楼拜、狄更斯、卡夫卡、乔伊斯和普鲁斯特。

与远方

《旅行之道》

保罗·索鲁 著

理想国｜广西师范大学出版社

与《老巴塔哥尼亚快车》很不同，这是一本"词典"，收录了与旅行文学相关的各种知识点。保罗·索鲁梳理他读过的旅行作品，回顾了他所有的旅行，才有了这本有趣的书。在这本带可爱插图的书里，昆明与廷巴克图以及撒马尔罕产生了关联。道蒂与查特文当然必须作为游记大国的子民时常出现，而且带着他们各自的奇怪行李与令人侧目的个性。

在这本书中，几乎能遇到你知道的所有游记杰作，以及游记作家。我很高兴，索鲁对我喜爱的简·莫里斯也同样赞赏有加。能像她一样写态度分明、见解独到的游记曾是我的梦想。我终究不可能走过她曾走过的版图，但或许能经由训练拥有她那样的眼光（R.I.P，Jan.）。

前文之所以说"几乎"，是因为这本书也会有令人好奇的近乎刻意的遗漏，比如斯文·赫定这条漏网的"大鱼"，他起码符合书里"旅行是磨难""旅行的壮举"等好几个章节。

与音乐

《音乐的极境》

爱德华·W. 萨义德 著

理想国｜广西师范大学出版社

最大的快乐是忘记还是牢记？对人生里很多事来说，大概是忘却；对音乐来说，肯定是牢记。那一段旋律，那几个音符，定格着不褪色的感动。而对乐评人来说，仅仅记得远远不够，还需凭借专业知识与个人感知来解析音乐，试图拆解作曲家与演奏者各自风格中纯粹的复杂性，试图揭开一场演出如此触动人心或令人失望的根源。

这本书的副标题是"萨义德古典乐评集"，收录了美国文学理论家与批评家、哥伦比亚大学英国文学与比较文学教授萨义德从20世纪80年代到2000年以后的四十多篇乐评文章，巴赫、瓦格纳占据了不少篇幅，当然还要有施特劳斯和巴伦博伊姆。如果你是古尔德1955年版《哥德堡变奏曲》的忠实听众，会即刻爱上这本书。

以及，萨义德和纳博科夫一样，是对结构中的对位法着迷的人。

与食物

《立马上菜》

M.F.K. 费雪 著

湖南科学技术出版社

去年冬天去首尔，在 Aēsop（伊索）的店里喝到的一种米酒，惦记到现在。上网一查才知道非常难买，用阿尔卑斯山南麓的积雪酿造。朋友问有多好喝，我苦想半天才说，大概就像白雪公主在雪中跳舞那么美。美食虽妙，但写美食文章却是苦差，要在文字中再现记忆里无限惦念的味道，如何做到色香味俱全？

美国作家、美食家、编剧 M.F.K. 费雪的饮食文化散文集系列是继安东尼·伯尔顿的《厨室机密》之后，我读到的文笔最生动的美食书，全套有《立马上菜》《写给牡蛎的情书》《如何煮狼》《我的饮食岁月》和《费雪的美食词典》。

资料翔实的《立马上菜》从古人的饮食传统写到她记忆中最爱的法国餐馆，虽是出版于 1937 年的书，但读来毫无陈旧之感，因为饮食文化源远流长，我们对于美食的爱，也从未更改。

与爱人

《正常人》

萨莉·鲁尼 著

群岛图书 | 上海译文出版社

"若你喜欢怪人，其实我很美。"这本书让我想起这句旧歌词。爱尔兰西部的小镇上，备受同学老师欢迎的康奈尔遇到了乖僻的玛丽安。都柏林的圣三一大学中，重逢的时候，玛丽安成了被人群簇拥的那个。但两个人总能互相走近。

我觉得书名换成《幸运儿》也是可以的，我们无须与大众相同，只要遇到互相懂得的那个人就好。游荡在茫茫宇宙里的星，靠着一点光芒互相看见。为此，不惜一生燃烧。

书籍作为桥梁

最近看的几本书，都是为着看懂其他书而看的。当书里读过的名字最终都连成一片广阔风景，那将是难以预计的喜悦。让书成为桥梁，通往更多的书，更多的世界，更多的时代，更多的头脑和灵魂。

就好像我想说的一切都即刻向我奔来，而事物以我过去从未意识到的样子组合在一起。

——恩斯特·康托洛维茨

《天使时间》

罗伯特·E.勒纳 著

广西师范大学出版社

也要为著写历史的人立传。勒纳耗费二十余年的时间，回溯了恩斯特·康托洛维茨的一生。

作为波森豪富家庭之子的康托洛维茨，他带着大量书籍前往一战的战场并负伤，随后他在海德堡度过了能与时代偶像斯特凡·格奥尔格饮茶、散步、谈论艺术以及感情生活的梦境般的青年时代。

之后是魏玛共和国的失败、希特勒掌权、反犹主义横行、流亡美国。战场上没有惧怕过的他，时刻担忧家人的安危。他爱结交上流社会，但反对权威。他长长的情人名单上有男也有女，他的大部分学术生涯在论述宗教仪式，但是他厌恶仪式，也反对永恒。

作为中世纪史学家的恩斯特·康托洛维茨，精通拉丁语、希腊语，在战场和大学学会了阿拉伯语，留下三部大作《腓特烈二世皇帝》《基督君王颂》《国王的两个身体》。他的一生，都深处俗世中心，却试图在书页间寻找和构建由哲人先贤统领的真理共和国。

和身材纤瘦、行踪不定、像捕蝇草一样将俊美的青年才俊吸引在身侧的格奥尔格不同，曾以第三人称"大师"称呼格奥尔格的康托洛维茨在学术界熠熠生辉，身姿出众，但是拒绝照亮任何人。他只希望自己成为自己，也确实因此成就了自身的独一无二（各方面都颇有些像维特根斯坦）。

这本《天使时间》是阅读那本你放在购物车数年的巨著《国王的两个身体：中世纪政治神学研究》的起点。

《波德莱尔》

帕斯卡尔·皮亚 著

上海人民出版社

《恶之花》与《巴黎的忧郁》，连同波德莱尔这个名字，曾经代表了欧洲文学一个新时代的到来，要了解波德莱尔如何成为象征主义的先驱，如何成为现代主义诸多流派的灵感来源，如何改变人们感受和表达的方式，这本《波德莱尔》是堂精华汇聚的速成课。

坚定的虚无主义者皮亚，也是二战时与加缪一同创办地下刊物的战友，用他对文学的爱为波德莱尔写下这本评传。

以波德莱尔的诗作为开端，探索了这个丰富、矛盾、敏感、忧郁的诗人和文学评论家的内心。我们了解波德莱尔的过程，也是了解人性的曲折旅程。同时我们看到了波德莱尔对未来的悲观预言，已经在我们身边发生：物质的过剩，品德的败坏，思想的空泛。

《俄罗斯文学讲稿》

纳博科夫 著

上海译文出版社

那种把素材与风格敲碎揉烂、深嗅品尝的方式，是纳博科夫独有的近乎贪婪的占有欲。通过纳博科夫，我们将全面而细致地了解果戈理的头脑，屠格涅夫的色彩，陀思妥耶夫斯基的混乱，托尔斯泰的时间，契诃夫如入无人之境的流畅。

"屠格涅夫的糟粕在高尔基的作品中得到了淋漓尽致的表现，而屠格涅夫的精华（对俄国风景的描写）则在契诃夫的作品中获得了美丽的提升。"

陀思妥耶夫斯基的篇章可以与纪德的《关于陀思妥耶夫斯基的六次讲座》对照，对于形式主义横行，崇尚自我风格却实为自恋的法国文坛，纪德失望万分，因此他将专注于描写底层人民的苦厄的陀思妥耶夫斯基当作俄国文学的象征。但纪德认为的俄国文学独有的模糊不确定，在纳博科夫看来，不过是陀思妥耶夫斯基本人思想的游移不连贯。对西伯利亚重罪犯的描写，在纪德看来是陀思妥耶夫斯基发现了人性永不磨灭的珍贵，而纳博科夫却一针见血地指出那是在恐惧和严寒的折磨下，陀思妥耶夫斯基为获得慰藉而近乎幻想的虚构。

但是优秀的文本允许或者说鼓励这样的分歧。这就是文学的魅力，让不同的人在同一块土地上建造出不同的房屋。

早春书单

去年这个时候，我读了很多安妮·塞克斯顿和安托南·阿尔托。现在重读，心境已不同。原来过去这因为太多期待没能实现而流逝得异常迅即的一年中，其实也发生了很多事。只因为它们存在于内心，而没有在生活的表面留下太多折痕。就像文字留在我们身上的，深邃却暂时看不到痕迹的影响，如同风在雕琢着季节和岩石。

三月似乎是一个属于女性的月份。我整理了这几本最近阅读和重读的有关女性话题的书与诗集。编辑告诉我《亲爱的安吉维拉》这本小书已经第五次加印，作为译者，为这本书能被更多人读到而觉得开心。

温和地、犀利地、睿智地、深刻地，在这四本书中，女性写作者以不同角度讨论了女性要如何在存在已久的种种成见、偏见之中主张性别平等。最重要的是，永远不要放弃前行，要成为一个自信勇敢的人，去掌握选择的自由和自我实现的途径。

《亲爱的安吉维拉》

奇玛曼达·恩戈兹·阿迪契 著

人民文学出版社

这本书的副标题是"或一份包含15条建议的女权主义宣言"。用十五条言简意赅的建议，阿迪契回答了一位母亲的疑问：如何在养育女儿的过程中以自然平和的方式让她明白什么是性别平等，同时避免以偏见与成见去束缚她的成长。很多性别歧视伪装成"传统"和"准则"隐蔽地存在于我们的日常生活之中。

阿迪契在验证一件事是否存在性别歧视的时候使用了一个最简单的方法，将所有句子中的"女性"替换为"我"，看句子是否依旧成立。

对于女性在婚姻、家庭、母子关系以及社会、工作中要面对的问题，阿迪契也同样给出了精辟的看法。她呼吁女性成为一个全面的人，不仅仅是谁的妻子或者母亲，孩子也将从中受益。

未必要爱你的工作，你用专业技能换取收入。

不要让别人选择性地用"传统"这个借口来束缚你，只要愿意，传统甚至神话传说中总有更多证明两性平等的案例。

允许自己失败，并不存在天生的超级母亲，我们都在学习中进步：和做其他任何事一样。因此不要羞于寻求帮助，也不要因为犯错而自责。

"性别角色"这个词是彻底的胡扯，它束缚的不仅仅是女性，还有男性。这个世界上很多人，不分男女，仇视强大的女性，认为她们是反常的存在。但真正的反常是苛责他人，对别人的选择和生活指手画脚。

《一间自己的房间》
维吉尼亚·伍尔夫 著
中信出版集团

这本书很多人只读了一句，因此认为这本书的主旨是女性要求房子和收入。伍尔夫确实大篇幅讨论了在实现个人独立时经济的重要性，但那只是开端。

她还强调教育的关键。在书中呼吁社会要提倡建筑朴素、收费低廉的平民教育，让学生身心全面发展，教师既有生活经验，同时也有善于思考的头脑。

她对女性要实现自我价值必须面对的问题同样有客观的洞察，她用想象道出了女性在从事写作时需要面对的障碍，这些障碍同样存在于其他职业中：

我们看到这样一个女人，在 1800 年前后写作，心里没有怨恨，没有辛酸，没有恐惧，没有抗议，没有说教。莎士比亚就是这样写作的。

A Room Of One's Own 也很适合作为英语阅读的入门书。

《爱说教的男人》

丽贝卡·索尔尼特 著

人民文学出版社

时间进入二十一世纪的第三个十年，伍尔夫笔下的情况是否有所改变？她对女性未来生活的设想都实现了吗？

丽贝卡·索尔尼特在《爱说教的男人》中，用她的观察和记录，对伍尔夫曾关心的女性权益的现状一一做了解答。

在面对不公正的甚至是伤害事件时，最容易听到的一种反对声音是："这不会发生在所有人身上。""我不会做这样的事。"大众选择否定个体遭遇的普遍性，而可以计量的、功利实用的存在总是被优先考虑，比如如何提高个人收入。对于个人的感受和"平等"这些抽象的概念，社会缺乏想象力，也因此造成了对群体命运的忽视，这是我们要面对的问题。

因此"命名和叙述都至关重要"。索尔尼特呼吁给予讲述者尊重和理解，而不是苛责。通过聆听和讲述，我们在学着对生活中诸多被感知却无法明言的不公和恐惧命名，让问题显形，被讨论，并最终得到纠正。这种努力将推动法律的完善，还将改变大家的意识，去审视自己的思维方式与行动。

网络上时常有刻意曲解和矮化女权或者说女性主义的言论，

将为女性争取权利的行为粗暴地归纳为不顾社会准则和道德地谋取私人利益。这本书有助于我们在噪声之中必须清醒，并理智客观地将讨论带回必需的冷静。我们应该明白，性别平等是通往所有个体平等的至关重要的阶段。

《碎片》

埃莱娜·费兰特 著

人民文学出版社

可以做到百分百的犀利与直言不讳是隐藏身份的附带福利？从不露面的意大利作家埃莱娜·费兰特通过《那不勒斯四部曲》在男性声音主导的叙事传统中，加入了不同的声响。在《碎片》这本由采访和书信组成的文集之中，费兰特用自己的语言提供了一张由内心和头脑描绘的清晰个人肖像。

费兰特在阐述自身所经历的困惑与困境之时，也是她思索、自省的过程。对于女性在家庭、友谊与爱情之中不同的情感需求和行为模式，费兰特乐于审视自己头脑中的混乱和危险，并通过写作来表达。

此外，费兰特还讲述了她的创作，要讲述未被讲述的故事、难以讲述的故事的冲动，同时却始终保持将作品与个人生活分离的冷静："我只是想自己决定什么东西可以公开，什么东西是私人的。我认为在艺术上，最重要的生活是那些奇迹般活在作品里的东西。"

费兰特对边界感的重视不仅仅局限于个人隐私。《越界的女人》这篇访谈里，费兰特详细阐述了女性受到的限制，最关键的是，她清楚地将自我限定和外界的限制区分开来：女性周围总是会形成一些限制她的东西，我说的是通常的女性。假如这是女性自我限定的话，这没有什么问题，因为界限非常重要。问题在于，这些界限是其他人设定的，而不是我们自己，假如不遵守这些界限的话，我们会非常羞愧。

在社会关系以及个人生活中，界限非常重要，但只有自己为自己设立的界限才是如此。费兰特提醒我们如此简单却常被忽视的准则：尊重一个人，是尊重 ta 设立的界限，而不是为 ta 设立界限。

《夜的命名术》

阿莱杭德娜·皮扎尼克 著

作家出版社

"你的一生是一句再见。"

1972 年阿根廷诗人阿莱杭德娜·皮扎尼克在布宜诺斯艾利斯吞服药物去世时，年仅三十六岁。她以阿莱杭德娜·皮扎尼克这个名字留下的诗歌收集在这本《夜的命名术》之中。

一生受失眠与幻觉困扰的皮扎尼克，诗中充满夜晚、死亡、沉默、天真、风、歌唱、河流、夭折女孩的意象。

"我的童年和它的香气 / 像一只被爱抚的鸟。"

诗歌没有性别，但皮扎尼克用她在黑夜之中无法熄灭的目光，对抗着恐惧，对抗在她呼吸里留宿的长着利爪的风，留下了独属于她的语言。她的才华，在出生时就已成熟，却从此永远年轻。

《所有我亲爱的人》

安妮·塞克斯顿 著

人民文学出版社

安妮·塞克斯顿的创作能力，最初是她二十八岁那年精神崩溃时由她的心理医生发现的。在医生的鼓励下，她开始写诗，暂时决定把杀掉自己的念头放到一边，试着成为一个把一切"弄得更精确些"的故事叙述者。

《所有我亲爱的人》这本诗选中收录了从塞克斯顿第一本诗集《疯人院，去而难返》到她最后一本诗集《敬畏地，把船划向上帝》，以及遗作《仁慈街45号》等体现安妮·塞克斯顿诗作水平的最佳篇章，时间跨度有二十年。

在塞克斯顿的诗中，诗性的真实不等同于自我的人生体验，却超越了经验的自我，成为她的另一重人生。男性批评家曾对她诗中的女性体验大加批判，但塞克斯顿从未关注过她们的性别，她要讲的是一个人体内的生死循环。

作为女性，她认为身体就是一个计时器，同时心里装着劈开冰封大海的斧子，那就是感受力。

曾有评论认为安妮·塞克斯顿的诗是病案记录，层层叠叠的比喻背后，是强势的母亲离去后她的迷惘以及宗教追问、精神疾病与药物带来的癫狂呓语。现在人们相信，安妮·塞克斯顿是首个充分探讨女性身份问题的现代女诗人。

塞克斯顿是诗人，是家庭主妇，是波士顿大学创意写作专业的教授，因诗歌拥有三个荣誉博士学位，获得过普利策奖、两次国家图书奖提名。但是她把自己看作一个不断内视无法摆脱悲伤和恐惧的人，直到最终被吞噬。

她从来都警觉，亲爱的。

她其实，是精美的。

沉闷二月中的烟火

而且真实得像铁罐。

我们失去，是因为曾有所得

　　菲利普·拉金说诗人是无法被研究的。诗歌则很难被描述：诗人以他们的直觉和才华在我们的感知中唤起的惊喜面前，所有的叙述都是不精确的赘述。我尽量完成一个推荐者的角色，但唯一的体会依旧属于每个人。

　　这几本诗集都不算新作，却一直在我书桌上。诗构建的，是一个我们无法抵达却可以自内心深处生长起来的世界，经由时间，经由经验，经由电光石火的契机，让一个陌生人的字句在我们身上创造出那么深的情感。

《在冬日光线里》

菲利普·雅各泰 著

宇舒 译

我们应该保持足够的天真

去相信我们会被天空的蓝拯救。

瑞士诗人、翻译家菲利普·雅各泰于 2021 年 2 月 24 日在法国逝世。巴别塔诗典系列收录了两本雅各泰的诗，分别是《在冬日光线里》与《夜晚的消息》。雅各泰用法语写作，获得了包括龚古尔诗歌奖在内的多个奖项。

雅各泰的诗，是清凉、幽暗、谦卑、朴素的深绿色，写自河流、森林、田野、果蔬和有彗星滑过的夜晚。

《白鹭》

德里克·沃尔科特 著

程一身 译

而你的词语是贝壳，其中蜷缩着一只耳朵

或一个祈祷的胎儿，预言和遗憾。

德里克·沃尔科特是来自另一片海洋，另一种文化的声音。当记者问沃尔科特如何看待置身英语文学的伟大传统之中的自己时，他回答："我不在那个传统里。"他认为英语是想象力的产物，是语言本身的财产。这个加勒比作家用自己的想象力，赋予了英语全新的色彩。

1992 年，沃尔科特凭借长诗《奥麦罗斯》获得诺贝尔文学奖。在短诗集《白鹭》中，沃尔科特将敏感与力量融合到一种告别的语调中。只有他的眼睛能看到的浓烈色彩随生长在他骨血之中的海风从白纸黑字间汹涌而来。我们真正要抵抗的不是衰老，而是失去，所以余烬在夜色中燃烧得如此炙热。

《灵光集》

阿蒂尔·兰波 著

何家炜 译

我写下寂静，写下黑夜，那无法表达的，我记录下来。那种种眩晕，我固定下来。

夏之炎热被逝去的爱情片段和沉睡的芬芳无偿托付给喑哑的鸟，而所需的麻木托付给一条哀伤的小船。

兰波于我，曾像个传说，似光线变化无法捕捉，他一直存在于我读过的很多诗人和作家的文字里。那个困苦之中容貌鲜亮的少年，被缪斯女神的手指触碰过的天才诗人，终于在查特文笔下以非洲之角达纳基尔沙漠中军火商人的身份出现时，我收到了这本《灵光集》。书中收录了兰波的全部散文诗作品、后期诗歌以及重要书信，其中包括自传式的《地狱一季》、散文诗《灵光集》、后期诗歌集《最后的诗行》。

兰波在地球上最残酷之地贩卖过的东西：丝绸、蔗糖、树胶、乳香、鸵鸟羽毛，以及因为疲惫而出现的幻觉，都曾在他的诗歌中以更精美梦幻的方式出现过。这是兰波另一种与文学划清界限的方式：他不在笔纸间创造这一切，而是在荒漠中贩卖它们。兰波的一生，正如奥登在诗中写的那样：如飓风般令我们讶异，或死得如此年轻，或活得长久孤独。

《我们生活的故事》

马克·斯特兰德 著

桑婪 译

这是数年前我阅读时被自己的孤独打动，

我知道我感受到的常常是一个故事

粗糙而失败的形式，

它也许永远不会被讲述。

我阅读，并被自己的渴望打动。

读过的诗集了。它曾填补了我生活中很多的空隙。孤独来去没有止息，但时间从不被归还。

美国桂冠诗人马克·斯特兰德的诗记录着流逝，时间、声响、我们，用近乎静止的温和。他也记录下我们对日常生活的眷念，眷念之中些微的恐惧。他还写下了季节和幸福，更重要的是，在这一切之上的，想要重新成为一个陌生人的渴望。

Another Time

W.H. Auden

我坐在五十二街

一家小酒馆

犹豫惊惧

一个卑劣而不诚实的十年

与之相关的敏锐希望行将破灭

"叶芝和奥登，诗行的管理，情感的形式疏离。"拉金曾这样评价两位曾在早期给过自己很多影响的诗人，即使后来他在自己的创作中像拆除脚手架一样拆除了他们的存在。

Another Time（《另一种时间》）这本诗集中，奥登毫无保留地显露了他的激烈感情，无论是对于逝去的爱人还是政治局势。奥登将这移居美国后发表的第一本诗集献给 Chester Kallman（切斯特·卡尔曼），其中收录了很多他广为流传的

佳作，其中包括因 Kallman 的逝世而创作的《葬礼蓝调》，以及奥登后来修改并否定的《1937 年的西班牙》以及《1939 年 9 月 1 日》。

在这本诗集中奥登记录下了他遇到的人、去过的地方，能看见很多耳熟能详的诗人的名字，所以这本诗集也像是一本肖像速写或者挽歌集。

The North Ship

Philip Larkin

我所知晓的

最初的事

是时间如斧的回声

响在林间

The North Ship（《北行船》）是菲利普·拉金的第一本诗集，最初在一家小出版社印刷，却奠定了拉金在现代英语诗坛的地位。*The North Ship* 和 *High Windows*（《高窗》）一样是本薄薄的册子，有时候会在书桌上突然隐形，找寻不见，然后过几天重又出现。

我总在喧嚣之中想要读拉金的诗，因为他的冷眼旁观，因为描写的具体、简洁和精确，具有了数学般的冷静、金属般的硬朗，却始终因为坦诚而令人读来激动。一个人，缓缓道出世界的真相，仅仅是通过描述面前景物的方式，没有夸张，没有虚饰，也没有抒情。

The Collected Poems of Wallace Stevens

Wallace Stevens

作为美国最重要的现代主义诗人之一，史蒂文斯曾获得美国国家图书奖、普利策诗歌奖和麦克阿瑟奖等诸多奖项。

正如华莱士·史蒂文斯在诗中写的那样，他关心的"不是关于事物的理念而是事物本身"，但是以如此多样的词语与如此精妙的隐喻来实现这种描述。

在史蒂文斯的诗里，他是一个醉酒而瞌睡的老兵，穿着白睡衣和长靴，在发布红色警报的酷热天气里捕猎老虎。事实上，在被文学批评家 Harold Bloom（哈罗德·布鲁姆）称为"我们时代最优秀也最受尊重的美国诗人"之前，华莱士·史蒂文斯是个律师，也是一家保险公司的副总裁。

十二岁就在父亲鼓励下学习拉丁语和希腊语经典作品的史

蒂文斯，在哈佛读书时开始担任文学杂志编辑并发表文学作品，后因经济原因辍学。法律似乎是出于维生需要而做的权宜之计，却成了史蒂文斯一生的事业，他因此得以始终将文学当作个人的爱好。

杰克·吉尔伯特说："这是我想写的诗，不是因为它悲伤，而是因为有所得。如今人们写的那么多诗都是不需要写的。你可以这么做，可以写各种诗，但外面有一个完整的世界。"

我们在外面拥有一整个世界，包括它的喧闹、无序和繁杂。但在我们内心，我们总是拥有诗歌，那些必须要写的，无与伦比的字句。

什么是诗?

《巴黎评论·诗人访谈》

THE PARIS REVIEW : The Art of Poetry

《巴黎评论》系列是我最喜欢的文学刊物，每次重读都有所得。一群会提问的人，向一群最擅长观察的人提出问题。每个成功的作家都在他们的书里创造出一个由他们命名的宇宙。每篇采访就是这个世界的快速导览。作家和他们的作品，很难说哪一个更精彩迷人。

《诗人访谈》特辑中，收录十八位诗人的采访，仿佛为着回答弗罗斯特的这句话，这些诗人皆来自不同的文化背景，使用不同的语言写作。提问者与受访者一同，努力跨越包括语言在内的藩篱，阐述诗歌为何物。

美国诗人罗伯特·弗罗斯特曾说，诗是在翻译中失去的东西。我们失去了什么？或者说，诗是什么？诗人如何创作它？

"亚里士多德不是说过吗？一个诗人的标志，就是看见明显不协调的东西之间的相似之处。它所具有的任何程度的吸引力。"

以下是我在书中找到的一些答案，另附诗人的出生地与居住地以做参考。

我从来没有把写诗和祈祷分别开来。

德里克·沃尔科特 / 圣卢西亚岛

诗歌的目的在于提醒我们，一个人要保持自我是多么困难。

切斯瓦夫·米沃什 / 立陶宛 / 波兰

这是我想写的诗，不是因为它悲伤，而是因为有所得。如今人们写的那么多诗都是不需要写的。你可以这么做，可以写各种诗，但外面有一个完整的世界。

杰克·吉尔伯特 / 美国匹兹堡

我们不能用一个个观念去理解诗歌，那会让诗歌丧失自己的基点，这个基点是经验而非思想。

诗中没有任何东西是被给予的。对我来说，通常是欲望以一种特定的诗歌语言和我相遇。

伊夫·博纳富瓦 / 法国图尔

诗歌并不是可以寄回家去的明信片。

而我试着用词语进行自白。

我诗里讲的是身体的生死循环。我写的是人类的情感，我写的是内部发生的事，而不是历史事件。

安妮·塞克斯顿 / 美国马萨诸塞

我对表达的兴趣不在于语言的色彩，最重要的是准确；而为了做到准确，你必须节约使用你的材料。

乔治·塞菲里斯 / 小亚细亚斯弥尔纳 / 雅典 / 巴黎

谁不想写出莫扎特式的诗呢？它会容纳所有的日常生活。但它会有强大的形式加速度。

谢默斯·希尼 / 北爱尔兰

真正的诗人，我认为，能将内部世界变成外部世界。反之亦然。诗人，总是得在外面，在世界中。

耶胡达·阿米亥 / 德国符兹堡 / 巴勒斯坦

寒露桃李花

深夜，听见月季花凋谢，花瓣倾泻，像一场大雪落在遥远边境。客厅角落的播放器常常放着大学时代买的旧 CD，音量依旧调到需要用心才能留意到的大小。邻室的音乐。

因为翻译的书重新再看一遍被缪斯女神的手指触碰过的天才少年兰波的后半生。他彻底与文学划清界限，因为已经完成了他想要完成的一切。兰波变成一个身材消瘦、神色冷峻的商人，穿梭于非洲之角的达纳基尔沙漠——"地球上最残酷的世界"。叛卖丝绸、棉布、蔗糖、树胶、乳香、鸵鸟羽毛以及军火。在给友人的信中，他写道："我死于疲惫。"他也确实流浪了一辈子。

把几万字的译稿通读完，天色亮了。清晨并没有归还暗夜吞没的那些，只把孩童的哭声吐了回来。

这么多年，第一次手里一本书稿都没有，无论翻译还是自己的书。什么债都不欠。这种轻松是种雾一样潮湿的白色，如果大口呼吸，会让人有窒息的感觉。

最近翻看的两本书：

读张爱玲的散文，会想起"机缘"这个词。就像本雅明在法国前往西班牙边境的时间差了一天，张爱玲在前往英国读书的时间上差了被父亲拘禁的那一年。然后战争改变了很多人的命运。所以才会有她后来这一句：于千万人之中遇见你所遇见的人，于千万年之中，时间的无涯的荒野里，没有早一步，也没有晚一步，刚巧赶上了……

《华丽缘》张爱玲 著

《华丽缘》中的张爱玲，是生活中的她，和小说里的不同，但她说自己的故事，却比虚构更冷静。

"即使肉体被毁灭，我还是可以活下来，但心灵若是毁灭了呢？"

《慢慢微笑》德里克·贾曼 著

当年因为时间不够而忍痛放弃了这本书的翻译，后来觉得实在割舍不下，找了《贾曼的花园》来翻译。《慢慢微笑》一书是贾曼 1991 年至 1994 年的日记，生活之外，有花园，有艺术，有对死亡的构想。

思想并不会被身体束缚，直到所有的光芒在冷风里燃尽。

但永远会有人记得他曾照亮过的路。

还读到一首诗，里面有句是：山上层层桃李花。它让我想起，我喜欢的写作者，大多数都是浓墨重彩的人。张爱玲、森茉莉、兰波、普鲁斯特、贾曼。但他们都有平静的表情，像玻璃那种薄薄的冷，将内心的热隔住，大概就是厌弃之中又始终热爱的性格。一个人若总是寡淡或亢奋，就显乏味。

像张爱玲说的：要葱绿配桃红，"参差的对照，婉妙复杂的调和"。或者像普鲁斯特外套扣眼中那枝兰花，用入世到世故的姿态表达一种距离。

生活里，要有这样的层层桃李花。是屏障，也是风景，在人与他人之间隔出了距离，但依旧热闹而美丽。

° 神的名字

我有个书友俱乐部，成员就两个，我和朋友读小学的孩子。去餐厅的路上，书友俱乐部经常玩接龙游戏，最喜欢分类别的成语接龙，比如与动物有关的成语，与季节有关的成语，与颜色有关的成语……

如果他那阵子正巧读到《三国志》，我们就玩三国典故接龙。读完我送给他的插画本吉尔伽美什的故事之后，他开始读希腊神话。那个周末我们就比赛谁知道的神话人物多。我有一只画着希腊神话人物的马克杯，就从最伟大的英雄赫拉克勒斯说起。希腊神话中的神太多太多，再加上在脑海中思考这些冗长的名字并把它们说正确所要耗费的时间，是一个很适合在堵车时玩的游戏。

那次我凭借普罗透斯（Proteus）赢下游戏。普罗透斯这个神太古老了，而且行踪不定，外形多变，难以捉摸，成为一个不太被提及的神。他代表海洋。

我之所以喜欢他，是因为南非帝王花的名字 Protea 就是从他的名字 Proteus 演化而来。

在躲入书房之前，我的最后一次洲际旅行是去南非。太多美景被归纳整理放入电脑文件夹之后，大脑也仿佛被清空过一般，记得的都是一些边边角角的事物。

比如桌山上有家咖啡厅。必须要搭缆车去山顶，穿过云，再穿过种着各色帝王花的小花园才能看见它。咖啡馆是你会在世界各地旅游景点见到的那种，耐脏的深色外立面，屋内配备白色日光灯、放满盒装果汁的冰柜、带不锈钢扶栏的点餐区、放着塑料纸巾盒的圆桌，游客可以在这里找到矿泉水、热茶、咖啡、简餐、纪念品。

我去的那天山上有云，拿着咖啡杯走不多时就头发湿透，冷雾透过外套开始侵蚀肌肤。围栏里上千种植物因山顶常年大风而形状奇特，若隐若现很似太虚幻境。我喝完咖啡大力叹口气，呼出的白色水汽瞬间就没入云雾不见了。如果在这浓云之中不言不语埋头走下去，就能从好望角一路走向广阔的非洲腹地。一个人消失在世上，像叹息消失在云里。

不知道普罗透斯和桌山，哪一个更古老呢？下次要和我的小书友探讨一下这个问题。并且，要像挤海绵一样，再从我那黑洞越来越多的脑海角落中搜罗出一些神的名字来。我准备以托宾小说《名门》中的主角迈锡尼的国王阿伽门农开头。

乔治·斯坦纳曾说：当希腊人说有一万个神……它是自然的、合乎逻辑的、令人愉悦的，它使世界充盈着美与和解。这个游戏让我格外赞同斯坦纳的观点，也觉得希腊众神的形象更加悲壮：虽贵为神祇，主宰世界，却又命运多舛，以自身的悲剧在实现这个世界的美和充盈。

我们没有能够成为别人

"假使我能死而复生，同时保持现在的个性，那么我仍然想托生为人。只想头脑少许聪明些，肉体再健康些，做一个仪表堂堂的好人。"

最近总想起芥川在《妄想者手记》中的这段话。"做一个仪表堂堂的好人"，是这个厌世的鬼才对自己的期冀。真是丧得光芒万丈的一个人。我没有想过要成为怎样的人，所以也无从描述现在的自己。那些勇于凝视自己的人，会不会像燃烧犀角望向水深处的温峤？因打扰了不该探究的世界而遭遇惩罚。

回到城市的那几天，我经常走神。如果身处不喜欢的场合又无法离开，会想象自己在冰岛东北部的旷野中等那个漫长的左转红灯。天色暗了，风雪渐渐将世界挤压成车厢的大小。冰川上的风无声而劲，将积雪雕琢成灰蓝色骨骼，远远看去，是暗夜中一线垂眸般的模糊的柔情，标注出你与你无法抵达的地方中间那段距离。在远离这片风雪的遥远温暖的深秋里，我看见那盏红灯依旧亮在飞雪中，微微踮起脚，随转向灯清脆的声响轻轻摇晃身体。

左转再开大约三百五十公里，就能回到我们在湖边的临时住所了。明天清晨，落地窗外冰封的池塘映着晨曦会变成金粉色，和烤箱里肉桂卷的香气一样。

但我很少想象自己身处热带岛屿。大概因为这个梦更难醒来。岛屿令人无处藏身的曝晒和咸到苦涩的海，沾在皮肤和头发中永远清洗不干净的沙子，最后都会因为遥远而成为浓郁的乡愁。你想去往那里，舍弃现在拥有的一切，在海边栽种艳丽而没有气味的花，划小木船出海捕捞硕大但并不鲜美的鱼。你希望生命就是这样一场简单的浪费，用来在海风里弹吉他，用来编织不多久就要枯萎的花环，用来采摘杨桃、木瓜、香蕉。

人能不能成为另一个自己呢？

卡尔维诺在他的书里这样回答：

我经历的一切往事都证明这样一个结论：一个人只有一次生命，统一的，一致的生命，就像一张毛毡，毛都压在一起了，不能分离。（《如果在冬夜，一个旅人》）

我们没有成为别人，我们没有置身他处。所以当读到余秀华的这句诗时，我感到无限慰藉，她说：

我很满意在这里降落。

我们没有成为别人，也很多次差点无法成为自己。但最后，我们都来到了这里。现在，你对你的降落之处，还满意吗？

。 岛屿来信

Books are magic. 书有魔力。它让我们以最密切的方式与他人交流，也能让我们与外界彻底隔绝。我们接近一个人的头脑与心脏，我们关掉所有噪声与喧嚣。

书是我们建的桥，也是我们筑的墙。因为书，我们排列自己的星辰宇宙，我们定义东南西北，我们有了自己的王国。

因为阅读和书写，我们触摸过这个世界的边界，震撼于它的美好和冷酷。我们体验过无边天地之间，自由的身心。我们的跋涉，因为漫无目的而浪漫无比。

因为阅读和书写，壮阔的历史与细微的日常，都在我们面前展开。我们终于知道，生活这朵细小的浪花是如何汇入了过往的洪流。我们的指纹里，有人类命运的脉络。书页间，破碎之物，依旧经得起检视。

我曾觉得，如果有个人能成为你努力完成一件事情的动力或缘由，你就是幸运的。但倘若有人能让你执起笔翻开书，才是莫大的幸福。最默契的相逢，是我们读过同一本书，在同样的故事之中流连，在同一段空白里回味感慨，在不同的生活之中，想起了同样的字句。文字，为不可名状之事物赋形。

因为书有魔力，这个世上，其实没有陌生人。你我的漂泊，从来不缺同路人。

在这本蓝色的书中，我曾搜集过这个星球上的：分离 / 珊瑚礁 / 黄昏 / 边境线 / 海岸 / 岛屿

和孤独。

因为书有魔力，这本写于昨日的书中，有我期望的明天的模样。

。 无论你，无论我

有的是时间，无论你，无论我，

还有的是时间犹豫一百遍，

或看到一百种幻景再完全改过，

在吃一片烤面包和饮茶以前。

——The Love Song of J. Alfred Prufrock

T.S. Eliot

艾略特在他的长诗《J. 阿尔弗瑞德·普鲁弗洛克的情歌》中，描述了一个在黄昏里为是否要向爱人表白而百般犹豫的男人。

《欢愉》中的新几内亚的丛林，班克森从随身携带的行李中找出一副曾属于他哥哥的眼镜送给了人类学家芬。西方文明还未踏足的这个遥远的南太平洋岛屿，一切物质都显得那么珍贵，但他毫不犹豫地给了。他要到后来才承认，这是因为一份迟迟不敢表达的爱。

爱在给人勇气之前，常让人胆怯。就像黄昏灼烧成璀璨夜晚之前，片刻的至暗。

我们都在等，等我们爱的人，像灯火点亮夜色般，点亮我们的生活。我们无从知晓诗中的普鲁弗洛克心仪的是什么样的女子，但我们知道班克森爱上的芬，瘦小、博学、聪慧、坚忍。她的原型是美国著名人类学家玛格丽特·米德，美国现代人类学的奠基人，这个我在为南太平洋地区的旅行做背景阅读时常遇到的名字。

玛格丽特最著名的人类学研究发现之一，就是人的自我认知的形成。她坚信，我们在遇见的人身上，找到了自我。

回头看看我在旅途中见过的黄昏与灯火，那些灯下写的故事，这些故事是一个个疑问：我们在那么多角落，看见的是同一个月亮吗？这一生，我们会遇到很多人，经历的又是否会是同一种认同与心动？

玛格丽特让我明白，爱是一场寻找。而我们爱的人，并不是答案，我们爱的人，是我们在这个世界上许下的愿望，这场向往，真挚而美丽。

我们爱的人，代表着我们欣赏的美，爱恋的特质，仰慕的性格。这也是他们之所以能点亮我们人生的缘由：我们在他们身上看见了方向，为得到这份爱，我们想要成为更好的自己。他们是我们在这世界上搜集的光亮，用以成就一个更美好的自我。

从来是同一个月亮，同一份向往，却因为时间和空间的变化，在我们心里投下不同的光影，引发内心的悸动。

爱未经描述，却得以表达。

《瓦尔登湖（全注疏本）》

亨利·戴维·梭罗 著

杰弗里·S.克莱默 注

人民文学出版社

1845年，梭罗搬到瓦尔登湖居住。九年后，《瓦尔登湖》出版，其间七易其稿。梭罗将这段湖边林间的生活作为一场挑战，来回应社会发展带给人的匆促和迷惘。更重要的是，在独处之中挑战一个人内心的深度。记录生活、观察自我的同时，梭罗写下了近乎神话的生活景象：在亲手盖的小房里，一个人通过劳作和阅读，独自完成一场伟大的思想的跋涉。

往后的岁月中，《瓦尔登湖》成为一代代人在这广大的世界寻找栖身之地和生命价值的指南。梭罗用他记录下的湖边生活，照亮了我们通往精神家园和内心平静的道路。

《瓦尔登湖》有许多版本，要更深入地读懂这本旁征博引的经典，推荐这本人民文学出版社的全注疏版。

今天要分享的是书中我很喜欢的章节：独处。

一直以来，都有很多人问我该如何应对孤独，我想，如果看过《瓦尔登湖》，会发现梭罗早就把答案详尽地写了下来。一个劳作的人不会孤独，无论开垦的，是真实的土地还是内心的田野。

关于友情，梭罗认同的是灵魂的投契，思想的共鸣，而不是频繁的会面，无意义的寒暄。

"德不孤，必有邻。"——孔子

1.两条腿无论怎样劳累行走，并不能使两个人的头脑更加接近。

2.衡量孤独的标准，并不是一个人和他的同伴之间有多少英里的距离。剑桥大学那拥挤的蜂窝般的宿舍里一个真正刻苦的学生，也和沙漠里的托钵僧一样孤独。

3.人的价值不是在他的皮肤上，我们不是一定要碰着他的身体才能了解他。

真正让我们摆脱孤独的，是丰富的内心，是深入的思考。是透过浮华表面的，对事物核心的追索。

1.大部分时候，我们关注的只是外在的和转瞬即逝的事情。事实上，它们只是分散了我们的注意力。万物的核心，乃是决定其存在的那种力量。

2.让我们自己的思想来愉悦我们自己。

3. 有了思想，我们可以明智地超越我们自己。

以及，不要切断与自然的联系，去感受季节的变化，去热爱生命：

当我享受着四季的友谊时，我相信，没有什么东西会让生活变成一种负担。

直面你的孤独吧，将它当作土壤，培养出丰盛的内心景象。利用独处的时光培养爱好，勤于阅读，勇于尝试，学会独立思考。要记得，人的价值，不在沸乱的表面。

"这种寻找，是爱的标志。"

《福楼拜的鹦鹉》

朱利安·巴恩斯 著

译林出版社

这是一封情书。

福楼拜是英国布克奖获奖作家朱利安·巴恩斯的灵魂导师。为着这份敬仰与爱，巴恩斯写下了《福楼拜的鹦鹉》。书中巴恩斯化身为退休医生杰弗里，探寻福楼拜两处故居中的两个鹦鹉标本，哪个才是当年福楼拜在写作《一颗质朴的心》时借来放在书桌旁的那只。

在这个过程中，他也梳理了福楼拜的一生——他的生活与创作。杰弗里与形形色色的人交谈，打探着与福楼拜有关的一切，生活琐事、逸闻传言。

这是本用情至深且难以被归类的书，是小说，也是传记，或者全面的书评。因为这份对福楼拜的爱太具体也太深沉了，没有简单的表达方式。

巴恩斯一定也知道福楼拜的这句话："你发明的一切都是真实的；你要相信这一点。"所以虚构与传记没有了明确的界限。

福楼拜的形象在这场追寻中更具体，也更模糊了起来，就像那两只鹦鹉，都依旧颜色鲜亮，却哪一只都说不出孰真孰假的真相。

我们知道的，是福楼拜在创作与生活之间，做过的挣扎，有过的懊悔，声色犬马、纵情挥霍之后的孤寂。

关于生活与写作，书中佳句频出，有时如风中的叹息，有时如泣血的追问：

所有这些未写成的书都很诱人，但对于那些未曾活过的人生，又是怎样一种情形？

把生活太当回事，这样做到底是聪明，还是愚蠢？

作家需要参与其中吗？不，生活是读者的责任。生活比写作难得多，你不一定要会写作，但你必须学会应付生活。

不要参与其中：幸福在于心动，而不是行动。

最可靠的愉悦，福楼拜暗示我们，不正是期盼的乐趣吗？谁愿意置身于尘埃落定的凄凉之所呢？

关于生活的真谛，只有当一切都覆水难收时，才能讲出来。

你无法改变人性，只能了解它。

这本书告诉我们的唯一一件确切的事是，寻找是爱的一部分："这就是人与人之间的真实区别：这不是有秘密和没有秘密的人之间的区别，而是想知道一切的和不想知道一切的人之间的区别。我认为，这种寻找是爱的标志。"

如果你爱着什么人什么事，去了解他。

"好了，该轮到你爱得更具体一些了。"

安静多么珍贵

在终点回望过去。《漫长的星期六》收录了乔治·斯坦纳与法国记者洛尔·阿德勒于 2002 年至 2014 年间进行的一系列对谈，共有五个章节。最后一章被命名为：学习死亡。这个一生好学的人拒绝了阿德勒关于学习希伯来语弥补人生遗憾的建议，他说来不及了，太多事对他来说都已经太迟。但他度过了极其丰富的一生。

当代最博学的知识分子、文学批评家、语言学家，用四种语言写作的乔治·斯坦纳于 2020 年 2 月在剑桥的家中离世。他相信爱与正直是一种选择：不要告诉我，一个人无法从心底爱上完全不同的人……但至少，我知道，当我们说"我只能爱和我相同的人"，那是一种灵魂的肮脏。

关于阅读，他也给出了自己的看法：

没人能拿走我们牢记于心的东西。它和你在一起，它生长，它变化。你自高中时代背诵的伟大文本与你一道改变，随着你的年龄、所处的环境而改变，你会以不同的方式去理解它。没人能说这是一项随随便便的练习，或仅仅是一种语言游戏。我想肯定不是这样。

阅读需要一些特定的先决条件。人们并未充分注意到这一点。首先，它需要非常安静的环境。安静已经变成世界上最昂贵、最奢侈的东西。

发现一本书，这会改变人生。我曾在法兰克福车站（这段逸事我时常提及）转车的时候——这就是德国，在报刊亭出售好书——看到一本书，作者的姓氏"策兰"是我没听过的。保罗·策兰这个名字引起了我的兴趣。我就在报刊亭翻开这本书，第一个句子立刻吸引了我："在未来北面的河流中……"我差点误了火车。从那以后，它改变了我的生命。当时，我就知道那里面有一种辽阔的东西即将进入我的生命。

从书本中得来的经验是最危险的，也最引人入胜。

在人文的领域里，"理论"不过是失了耐心的直觉。

我更愿感谢伟大的作品，更愿感谢诗歌。我的第一本书的第一句话是：好的评论是一种感谢的行为。

"或许，这个世界会好吧。"

《维特根斯坦传：天才之为责任》

［英］瑞·蒙克 著

对于不可言说之物，必须保持沉默。

路德维希·约瑟夫·约翰·维特根斯坦（Ludwig Josef

Johann Wittgenstein，1889—1951），20世纪最具影响力的哲学家之一，语言学派代表人物，出生于奥地利维也纳省，逝世于英国剑桥，享年62岁。

我读维特根斯坦的传记出于一个非常简单的目的，想知道维特根斯坦是怎样在经历过一战前线后继续生活的，这个时常被自杀的念头困扰的天才最终活过了两次大战，而对自己极不擅长的俗世尚存爱意（起码对书籍，尤其是珍本书带着赌徒般的痴迷）的本雅明却在从法国前往西班牙的边境上匆匆结束了自己的生命。

维特根斯坦总是在逃，逃离培育了自己的家庭和阶级；逃离剑桥，那个在那里自己被封神的剑桥。并总是试图担任与哲学无关的工作，从事实实在在的操劳：成为贫困的乡村小学教师、勤苦的建筑师、药剂师、机械师……

因为他相信，怀疑是一项很特别的实践，必须在找到确信的事物之后再进行。

他为自己划分信奉上帝的范畴，把上帝代表的信仰与爱分派给非理性的软弱的那部分自我。而坚强、理智的那部分自我，不需要庇护，理智得近乎无情地在哲学的世界里思索。在那里，他是自己的上帝。为坚持自己的理论，不惜与所有曾经的师长、友人为敌。

维特根斯坦研究的是语言：人如何表达。他认为哲学的本质是清晰正确地用语言表达思想，描述真相。他还把一个与外界不断沟通的充满活力的自我带入了曾经静止的逻辑的世界。维特根斯坦寻找到的这个关于世界与自我的解答，会否是本雅明没有来得及实践的那一个？

维特根斯坦曾说：对于不可言说之物，必须保持沉默。因为他要寻找的，是语言最确切的表达。在生命的最后时刻，维特根斯坦留下这样一句论断：告诉他们我度过了美好的一生。这必定是令人信服的美好。

读完这本书，我想，既然每个时代都能拥有伟大的心灵和头脑，他们不断思考、自省、创造，那，这个世界会好吧？

光之永动

很久没有被翻阅，诗集打开时，像阳光下晒了数十年的柳木门那样发出脆响。或许是麦秆折断，扬起阳光和灰尘的气息。油墨里有若隐若现的烟草味。

日常生活缓缓开始，齿轮转动。从阅读开始，走向新的季节。那些无法填补的缝隙里，有阳光漏进来。我们被穿透，并因此成为新季节的一部分。

《希尼三十年文选》/ 谢默斯·希尼 著

浙江文艺出版社

写这首诗无非是平息一次兴奋和命名一次经验，同时在语言中赋予那兴奋和经验一次小小的永动。

作为继叶芝之后最重要的爱尔兰诗人，谢默斯·希尼也是英语世界最重要的诗人批评家之一。在这本希尼亲自选编的文集中，收录了他从 1971 年至 2001 年间出版过的文集中精选出的文学评论，以及同时段从未结集出版过的讲座与论文。

在这本文集中，你将通过希尼的目光，重新阅读英语诗坛那些闪闪发光的名字，自叶芝、艾略特、米沃什、洛厄尔、伊丽莎白·毕晓普、克里斯托弗·马洛到特德·休斯、狄伦·托马斯、普拉斯、菲利普·拉金以及布罗茨基，等等。

这本书在打开希尼内心世界的同时，也为我们铺筑了一条通往英语诗歌世界的道路，这一路的风景是希尼独有的严谨、深邃和开阔。

希尼为文选取名 Finders Keepers，这句英语俚语的意思是"谁捡到就归谁"，希尼要说的，是诗歌的魅力，独属于每一个发现了它的人。每一次阅读，都是一次寻宝的历险。祝你收获惊喜。

《流放者归来》/ 马尔科姆·考利 著

湖南文艺出版社

我们是新人，我们没有继承的传统，我们进入了一个崭新的艺术世界，我们并不觉得这个世界是一个精神荒漠。

20 世纪 20 年代的巴黎，聚集了来自全世界的才华横溢的年轻人。普鲁斯特于 1922 年逝世，留下一间贴满隔音软木的房间，他是雄心壮志得以实现的象征，但是对在巴黎追寻文学梦的年轻人来说，"这个象征还是太冷太远了"。接纳这些躁动、迷惘、叛逆又极度贫穷的年轻人的，是斯泰因的沙龙、乔伊斯破旧的房间，散落巴黎各处的公园长椅、小旅店和咖啡馆。

其中来自美国的年轻人中，有海明威、菲茨杰拉德、哈特·克莱恩、哈里·克罗斯比，以及马尔科姆·考利，将来会为这些人以及这个历史片段立传的人：被斯泰因称为"迷惘的一代"的这些年轻人，还未开启自己的时代。

我也喜欢看马尔科姆笔下的大师们，正在"过气"的艾略特，身为成功榜样但快要瞎掉的乔伊斯，校长般叱责大众又能为年轻诗人给出最好意见的庞德，曾在一夜间放弃了光辉文学前途的保尔·瓦雷里。

这本书的魅力或者说它让人心碎之处是，别人书中的传奇，都是作者的亲历。所以书中人最终的离散、崩溃、自杀，于考利来说，都有切肤之痛。那些曾一起在长桌前大声朗读诗歌的朋友都不在了，他才明白，人生最大的抱负并不是写出一部伟大的作品。"毕竟，阿波罗也许只是一尊不入流的神祇。"

《说理》/ 陈嘉映 著

上海文艺出版社

我们受骗，不是因为我们一无所知，而是因为我们已经知道很多事实，并且理解这些事实。

无论哪个学科、哪种艺术，最沉醉的是灵光乍现的那瞬。虽然哲学家们伟大的思想也如不可言说的闪电，直接击中了我们，但陈嘉映认为，哲学，或曰西方哲学、科学都是从论证发展出来的，需要解说、解释、论证。

烦琐的论证固然没有顿悟的快乐，但同样充满了创造性，一种与洞察力比肩的卓越能力。这本书就是向读者阐述人们如何在认识世界的过程中建立认知体系的，这世界没有绝对的标准，但有虚实需要辨别。这本书，推荐给对哲学感兴趣的读者。我们学会表达的过程，也是真正完成思考的过程。

《三行集》/ 张新颖 著

上海文艺出版社

生活不是我们记住的日子

而是忘记的日子 是我们遗忘到

身体 语气 目光里 无从叙说的日子

张新颖老师的名字，时常出现在朋友的转发里。这本小书，印在印刷厂裁下来的纸边上，是一个诗人，为生活这本大书做的注解。

沉默前，让我们大声歌唱。

四月在之禾空间的读者见面会，除了《岛屿来信》，还有朋友带了过往我写过的书来。我听见了比答案更好的提问，我不再是我写过的书了，但是曾经写过的文字，如希尼所说，在命名一次经验的同时，"在语言中赋予那兴奋和经验一次小小的永动"。每一个句点，都如内心的蝴蝶扇动了翅膀，促进我们最终在这里相遇。

阅读是这次永动中一朵波澜，推动我们向前，向内心，也向生活。从书页出发，下一次，让我们在高山大海相逢。

余火

我在一个旧盘子上，发现了以往不曾留意的缺口。要用手指小心摸索，才能发现它的存在。

胭脂红色的瓷盘边缘，细如发丝的棕色裂痕里，还留着碰撞时脆弱的求助声。

一个朋友想家了，告诉我说他们那里有种鱼，叫作苦初。怕我不知道怎么写，他又补充说："就是苦涩初恋的缩写。"

一个朋友搬去南半球住了。我在朋友圈看着他一点一点盖起新的家。他的窗外，落叶将尽。

一个朋友说他未来理想的房子要在遥远的市郊，建在晚上能眺望城市灯火的地方。不用看见太多，远远一线明亮就好。他会知道，自己曾经的所有喜怒爱恨就发生在那里。

"不能更远，如果再远些，就会觉得孤单了。"

但也不愿太接近。我们都会有一段时间，想要如此，抱着双臂，远远观看自己的曾经。天际线上若隐若现的那道璀璨，像燃尽之后余火微温的青春。

所有的苦痛都与你我无关了，我们暂时属于这个世界上已消失的那部分，几个写完了结局的无足轻重的故事。

整理房间时我在书架角落发现了很多没有拆的信，也有些拆开却没有读，信纸打开随即又折好放进信封中。

故事可以在很多地方结束：

你想给我写信的那刻。

你给我写信的那刻。

你给我寄信的那刻。

但自我收到信的那刻起，故事便交由我安排。

我想把故事停在信拆开却不被阅读的位置。

此后，故事的发展由故事自己决定，让命运去寻找自己的命运。在读书中有一种期待，它并不寻求什么结果。

读书就是漫步。阅读就是游荡。

——帕斯卡·基尼亚尔

最近看的书，写的都是，我们向着我们的故事开始之前的原点游荡去。

《琥珀眼睛的兔子》

埃德蒙·德瓦尔 著

我曾推荐过陶瓷艺术家德瓦尔追寻白色陶瓷制作历史和工艺流派的《白瓷之路》，这本《琥珀眼睛的兔子》是旧书，写的却也是一段追寻之旅，德瓦尔追寻的是他家族的故事：在拜访居住于东京的舅公伊吉时，德瓦尔第一次见到他的根付收藏。根付，一种穿线后用于固定口袋的小摆件，常常被雕刻成各种有趣的造型。其中有琥珀色眼睛的兔子，吼叫的老虎，蜿蜒的龙，活泼的老鼠，戴头盔的男孩……

伊吉不久之后去世，将整整264件造型各异的微雕留给了德瓦尔。从这些根付出发，德瓦尔开始在欧洲各地拜访曾属于他们家族的宅邸，拼凑起故人的生活图像。

这是一个在敖德萨以粮食出口发家的犹太豪门，曾拥有可与罗斯柴尔德家族比肩的惊人财富，后代们落脚巴黎和维也纳，接受国际化的教育，精通各种语言，热衷艺术收藏，擅长金融或企业经营，日常生活中低调行事，想要"归化"入新的文化，却不得不世代与公开或隐蔽的反犹主义周旋，并最终未能逃脱世界大战这场全人类的灾难。

最早购入这批根付的查尔斯·埃弗吕西，曾活跃在巴黎的社交圈，拥有巴黎新贵们可望而不可即的豪宅和艺术品收藏，后来在普鲁斯特笔下成了斯万先生。第二个拥有了它们的人是生活在维也纳的埃米，在出嫁前，她永远只穿白色。

历史书中不会记录的一个人的过去，如同那些根付般微小，却经由后人的追溯记述，铺陈出了人类的历史章节。

《鳗鱼的旅行》

帕特里克·斯文松 著

"它们很奇怪，我是说鳗鱼。"斯文松的父亲，一个热爱动物，同时也热衷垂钓、打猎的瑞典男人曾这样对他说。这种看不出性别的滑腻鱼类，曾困扰过亚里士多德。十八世纪，它们开始减少，并在二十一世纪加速消亡。

对斯文松来说，鳗鱼像信仰，神秘难懂，又给人无限期冀，拥有一种令人着迷的宿命感：幼小的柳叶鳗会在春天出现于马尾藻海，然后通过欧洲的海岸线游入陆地上的淡水中生活数十年，在某个秋天，追随生物钟的呼唤，蜕变之后踏上回归几千公里外那片出生地的旅程，一路上危机四伏，充满艰辛。

在这本书里，斯文松介绍了欧洲的捕鳗史，鱼在宗教中的象征意义（而鳗鱼成功地独立于这个体系之外），记录了弗洛伊德在研究鳗鱼性别时遭遇的失败，以及意大利和丹麦科学家是如何解开鳗鱼蜕变与繁殖的秘密的。他还研究了鳗鱼为何会引发人类强烈的恐惧与厌恶感。

但这本书最动人的章节，是斯文松关于父亲的回忆。两个人一起垂钓却一无所获的夜晚，目睹父亲杀生时的不安……那些不能重来只能回忆的过往。父子间血缘的延续是强韧的纽带，但斯文松过上了与父辈截然不同的生活，像鱼去往全新的水域。

如果我们能像鳗鱼感知时间的变化与命运的召唤一样，感知我们的生活，感知我们在得到和失去什么，我们是否最终能解开关于目标与意义的谜题？

如此很好

奈保尔说，作家主要是为了他的写作而生活。我想，要求一个人以自己整个生活做献祭的工作，世间并不太多。如果从事了这份职业，就只能拿出些奉献精神来。

写得不够好，就是牺牲得不够多。

被现实砸醒以前，人各自有各自荒腔走板的计划。而我真的曾经以为，我是可以流浪一辈子的。随时在地球的不同角落里，搜集最合适的季节、温度、光线与气味。只是牺牲一点安稳，就能拥有全部的逃离一切的机会。

时间再往前走一点，我在伦敦贝特西公园旁的学生宿舍里熬伦敦的早春。刺骨的冷，加上令人皮肤发紧的干燥，我每天都过得非常警醒，吃高热量又难吃的食物，翻看一本本参考书，写各种 PPT 交作业。

无法入睡的夜晚，CD 唱机里循环播放的是古尔德在 1955 年录制的那版《哥德堡变奏曲》。睡意终于到来的时候，我能看见月色下的咏叹调部分，每个音符的形状与颜色。

有时写作业中途又在电脑前盹着了，额头磕在键盘上，写出长篇的不知所云。

邱妙津的《鳄鱼手记》中，女主角住在温州街的出租屋，她每天坐公交车往返学校与住处。我很喜欢与之相关的文字，胜过裂帛般牵扯激烈的感情线。情感愈强烈，愈像挣扎。我总是想成为平和的不彻底的人。

邱妙津笔下的温州街，总让我想起伦敦的日子。住客间也不太说话，分外安静。那是一周要价 90 英镑的学生公寓，有长长的走廊，铺着耐脏耐磨的灰色化纤地毯，蓝白的墙漆，但楼里读艺术和设计的学生太多，到处是颜料的痕迹。

小电梯很窄，里外都是灰色不锈钢材质，总是吭吭吭吭地发出勉强的噪声，我有时怕它会坠落，有时又觉得其实这也没什么。如果遇到带乐器上楼的学生，电梯空间会变得逼仄，大家都闭口不言，努力用沉默将空间撑大一些。

还记得宿舍所在的街道叫 Ralph Street，拉尔夫街。朋友常常会给我写信，好像信是写给一个叫拉尔夫的住在伦敦的男人由他转交的。他应该是很好脾气的那种。

最初安排给我的宿舍在全楼最高处的阁楼上，进入房间要经过一段旋转的白色铸铁楼梯，搬行李十分艰难。住了几天，我觉得自己像《简·爱》中那个住在阁楼上的疯女人，于是跟宿舍管理员商量搬去楼下，房租反而便宜些，空间更小，但总算有点人气，开了窗之后，能知道隔壁邻居在听什么音乐，楼下的又在抽什么味道的烟。

如今再看《鳄鱼手记》，觉得命运的雷同是一种误解。没有生命的影印文件尚有差别，何况人。

如果命运可以相似，那悲剧就没有意义。

前阵子和朋友在欢桃小酒馆吃饭，我照旧滴酒不沾，趁朋友喝酒，埋头吃掉所有沙拉、面条、毛豆和卤味，每个盘子都吃得干干净净。总觉得要把过去吃不到好饭好菜的时光，弥补回来。

之后散步路过手表店，隔着落地玻璃窗看见空荡荡的柜台里只剩下一块金表。我跟朋友说，我们进去看看，未必要买。销售员让我试戴了店里唯一的那块表，告诉我，我要找的那款，已多年未见。但还是留下了电话。

"等你消息。"告辞之前，我这样说，听起来分外郑重。只是好奇，为什么很多东西都消失了。

朋友说：看你这个人，很多坚持，会觉得辛苦，太不容易。我答：你要这样想，还戴得到金表，日子总不算太差，对吧。

很多事，尤其是辛苦，直接说出来就没意思了。只能在熬过去之后于某个天气尚佳的日子自嘲几句。

其他日子，我们有很多别的方式来演绎它们，如果做得足够好，这些方式还可以被称为艺术。比如歌剧，它之所以为艺术，是因为"歌剧，是一个人背上被刺了一刀，他不流血，而是歌唱"。

生活里值得歌唱的事情不多，所以我们更要歌唱。不流血，但是歌唱。

自我赋形的时刻

A certain class of objects, very rare,

that are brought into being by hope.

——J. L. Borges

曾在文艺电影里听过一句台词，说当你躺在草坪上看云，如果足够专注，就能任意安排云的形状。我在很多地方试过，未能如愿。

不过我发现，如果足够专注，确实可以控制自己生活的形状。当初秋漫长的黄昏降临，栀子花的香气中，坐在越来越暗的光线里努力辨别书里的字句，内心世界就在这种模糊与努力之中渐渐被赋形。

我们看见了我们想要寻找的方向，我们构筑了我们想要生活于其中的景象。那个内在的自我，终于成为阶梯、堤坝，或者房屋，牢固地建立在我们周围，建立在自我与世界之间。

《太多值得思考的事物：索尔·贝娄散文选 1940—2000》
索尔·贝娄 著

正如书名所示，这本散文集里贝娄谈论了很多事。那些看似激进创新实则保守的现代人，那些看清文明的脆弱并蔑视资产阶级的艺术家，那些试图将书里每句话都作为隐喻过度解读的读者，那些将作品和道德保持密切关系的文豪，那些把大众带入抽象沙漠的知识分子……

在《文明的野蛮人读者》一文中，贝娄谈论了自己的作品，思考教育与环境对自己的影响，比起接受，对他来说抵抗才是影响更为深远的力量。这诚然是个伟大而诱人的世界，但他决定了"不允许自己成为环境的产物"。

在文章的结尾，贝娄说："即便在最深的困惑里，仍有一条通往心灵的步道。"不受环境干扰，保障这条道路的通畅，是我们的任务。

《作家看人》

V. S. 奈保尔 著

奈保尔的犀利近乎刻薄。如今这份犀利已经成为宝贵的东西。它代表足够深入的观察，足够天赋的感知，以及付出足够的时间来磨砺出一种准确。

没有人是完美的，每个人都有出处。通过奈保尔的文字，我学会了这样一种观察方式，并因此更清晰地了解了诗人沃尔科特，曾只作为一张照片出现在历史书中的圣雄甘地，以及最重要的，奈保尔自己。

奈保尔在书中多次提及作为出生在殖民地的贫民，国家与家庭历史的缺失，造成了他怎样的失语。他想要眺望的广阔里空无一物，无法提供创作的养分。这份焦虑，成为他创作的驱动力，也从根本上决定了他观看世界的方式。

在真空般的生活中，殖民地人凭借本能坚持着未被传授的传统，而走出这片真空的奈保尔，如溺水的人寻找浮木般努力搜集填补内心空白的养分。奈保尔的犀利，正是来自对所能获得的一切近乎贪婪的"凑近"。

奈保尔教会了我抵抗"轻易"。

Tristes Tropiques《忧郁的热带》

列维－斯特劳斯 著

人类学家列维－斯特劳斯离开亚马孙原始丛林十五年后，于人生低潮之中写了《忧郁的热带》一书。他厌恶现代旅行者的猎奇心态，西方文明为他们征服过或者无法征服的文明涂抹的道德香味素。他深知奴役、不公和贫困注定无法消除，乌托邦只不过是一厢情愿的想象。

这位从田野考察回归书斋的哲学家，用前半生的经历，思考着文明的差异、无动于衷的自然想要给社会和个体的启示。

和这本书大部分章节的愤世嫉俗和痛心形成强烈对比的，是本书的结尾，列维－斯特劳斯重新定义了自我与世界的关系。人类在忙于毁灭世界和自身的道路上，拥有了信仰、善意和期望。这种内心和外界的错位，或许就是人类的可爱之处。

《为什么，是植物图鉴》
中平卓马 著

中平卓马，将摄影当成自我与世界之间的一场努力，从这边到那边，摄影师的工作就是试图突破这道永远存在的边界。

关于影像对大众的影响，他也早有洞察。这本口袋本小书，装满了预言，预告了社交媒体充斥的当下，世界如何捕捉我们的注意力，灌输意象，用虚拟的图像取代真实。

中平卓马提醒我们，在复制的影像与现实之间的差异日益缩小的时代，信息（而不是个人体验）将成为我们与现实之间主要的传达路径。克服懒惰，独立地观察和思考，是逃离这场围捕的重要途径。毕竟，图像提供的并不是真实，恰恰相反，它们是让我们远离现实的、一种被控制的视角。

村上春树曾在采访中提及二十世纪的小说创作时说，那些将自己逼进死角的作家有个通病，在构筑自我时，宁愿从内部开始，而非从外部包围。这种创作方式，往往因为自我的局限而造成最终的自我毁灭。

索尔·贝娄认为，与现实世界隔绝之后的自我感觉良好，是自由给傻瓜准备的陷阱。

列维则说，人与社会都不孤立存在，我们存在于很多个世界中，这些世界，有些存在于我们的行动，有些存在于我们的感知。

所以，置身一个外在的世界，构建一个内在的世界，是我们终生的功课。

°　问君知否

雨开始落的时候，第一滴总是落在睫毛上。

最近常常想吃甜的东西。作为一个号称不喜欢吃甜食的人，这种反常的念想让我很觉有趣。于是吃遍了家附近能找到的各种冰激凌，还去朋友家的冰箱里找库存。

空腹吃到胃痛。带寒意的胸腔里，有一个南极。

等胃好一点，顶着酷暑大老远跑去面包房买奶油螺丝面包。朋友问为什么要这么执着，我说这种螺丝面包，虽然外形与我小时候吃的差不多，但奶油芯不止表面那一点点，是贯穿始终的，值得走这一趟。

因为小时候的螺丝面包，奶油只有表面一坨。当我每次小心翼翼吃掉那口奶油，吃到内里的空洞，都会失望。

但能吃到这种面包已经很好，所以也不会抱怨。生活里后来有太多这样的时刻，心觉失望又无法诉说。唯独这份意料之中的失望和面包的美味一起，在心里某个角落留存了下来。如今吃这奶油充沛的面包，不知是否想要用此刻的快乐来平衡过去的遗憾。

我的执拗是，不言不语多年之后，走这一遭漫长的回头路，依旧记得要在天平的这头，加点砝码。希望自己记得的事情里，遗憾要少一些些，再少一些些。

那天在无印良品的读者见面会结束后，我去朋友家把他冰箱里的奶油棒冰都吃完，又一起去商场买冰激凌吃。搭地铁回家时，想起几年前的夏天，书展过后不久在 7 号线的同一站偶遇了张怡微老师。当时我刚捡到第一只小猫，拿出手机给她看小猫的很多照片。两个人都站得摇摇晃晃的。我看过小张老师写的那么多书，见到她的时候，只想着要给她看我的猫咪。那些无可名状的事，都暂且不提，只看一些柔软的、毛茸茸的事物。

很快又要到上海书展，编辑问我要不要参加，因为距离我开始以写作翻译为生，正好十年。Decade，我挺喜欢这个词，编辑说。

我最近喜欢的词，是 arcadia。它曾是希腊伯罗奔尼撒半岛的一处乡野，后来用来指代世外桃源。

下地铁步行，过桥时一只灰褐色的大鸟在我面前扑扇着翅膀慢悠悠飞过桥，消失在夜色下的垂杨柳间。我突然很想告诉谁，无论谁都好，你看，有一只鸟飞过去了。但嗓子已经完全哑掉，发不出一点声音。而且身边也没有人。

鸟扑扇翅膀的时候，会让人感觉到振奋的力量，仿佛是羽翼间的风，就算隔着距离，也因为无形的传递，多少有点拂在了过路人的心上。

　　曾有一只鸟飞过去了，你知道吗？

去吧，去爱些什么

日本濑户内海的丰岛上，有一座建在海边的深色小木屋，那是法国艺术家克里斯蒂安·波尔坦斯基（Christian Boltanski）设计的"心跳博物馆"。沿着海滩步行来到这里的人们，会听见心跳声在昏暗中交织回响，它们属于世界各地的十二万个陌生人。

这是波尔坦斯基《心之档案》（Les Archives du Coeur）项目的一部分，他在2005年启动了这个计划，开始前往世界各地，收集前来观看他展览的观众们的心跳声。

这个项目还在继续下去，丰岛心跳博物馆设置了一间心跳采集室，观众可以在这里留下自己的心跳声，成为档案馆资料的一部分。未来的某天，它们会回响在世界的某个角落，和其他十几万份心跳声一起。

渺小的个体记忆汇集成绵延无尽的海，肉体消亡之后，痕迹不灭。正如波尔坦斯基所言："艺术家存在的目的，是让人的记忆可以消失得慢一些。"

去爱些什么吧，在这个世界上留下你的心跳声。

爱生活的苦难

《火车梦》

丹尼斯·约翰逊

格兰尼尔是美国西部的普通男人，平时维持生计的工作是砍伐巨树、修建铁路和桥梁这样艰辛的体力活。在山火中失去了妻子和新生的女儿后，他四处打工，靠着回忆、梦境、幻觉继续生活，结交了各式各样的朋友，看他们喝酒鬼混，听他们说故事，见证他们各式各样的死亡。直到关节炎和风湿痛耗尽了他的体能。格兰尼尔回到偏远的山谷，他曾经的家，夜间在山谷的狼嚎中，梦见火车呼啸而过。

丹尼斯·约翰逊在这个虚构的故事里，用绵密的想象与粗粝的风格，刻画了一幅如此真实的图景，我觉得自己就站在格兰尼尔身边，砍伐雪松，看他收养的小红狗不告而别又带着像狼的幼崽回来。看他在那个满月之夜，救助倒在结霜的院子里的狼女，想在天亮时告诉他，那不是他因为思念逝去的小女儿而生的梦境，狼女真的来过，只是野性难驯，又回到自己的族群里去了。

爱柔情的美好和流逝

《昨夜》

詹姆斯·索特 著

丹尼斯·约翰逊被《纽约客》称为"作家中的作家中的作家"，这个称号的源头不知是否为前辈詹姆斯·索特，他被誉为"作家中的作家"。

丹尼斯·约翰逊的《海仙女的馈赠》和詹姆斯·索特的《昨夜》是我近期最喜欢的两个短篇小说集。相似的众生相，不同的孤独。生活像"奇怪的白血病"，他俩则像猜测治疗方法的医生，给出了各自的治疗方案，每一个方案都截然不同，却又同样精妙。

尤其是詹姆斯·索特，他用这种自信，展示了文字的美丽程度，那些动人的场景描写和细腻的内心独白，带着魔力，在阅读它们的读者心中唤起了陶然欲醉的美好感受。

《这一切》

詹姆斯·索特 著

索特在长篇小说《这一切》中，用一个男人的一生，再次诠释了与《昨夜》相似的主题：我们是怎么褪色的，那些曾经熠熠生辉的事物，爱、友谊、亲情、进取心，以及生命，都渐渐熄灭，余烬闪烁着微弱而璀璨的光芒，最终化为毫无分量的沉寂。

主人公鲍曼在太平洋战场最血腥的冲绳岛战役中，见证了"大和"号的沉没，三千余个年轻的生命，随之坠入深海。然后战争结束，他回到日常生活，坐在哈佛大学图书馆前的台阶上，聆听漫长而平静的钟声。

鲍曼用一封他自认为措辞周密但"不够体面"的申请信，获得了哈佛的入学资格，原本想学生物，却被伊丽莎白时代的伦敦吸引：一个动荡而华丽的舞台，站满了出口成章的天才和风雅癫狂的贵族，七弦琴在闪电中奏响。

这个选择就是鲍曼一生的写照，他有求生的本能，却总想作为一个局外人，躲在安全无害的乌有乡。

和《斯通纳》里修士般的克制与冷清不同，《这一切》是另一个局外人更丰富多彩的编年史，所以等这活色生香落幕时，有不一样的孤寂。

"他一直将它（死亡）看作一条漆黑的河流，人们排着长队等待船夫，按照永恒的指示耐心地等待，被没收了一切，只剩下最后一件东西：一枚戒指，一张照片，或者一封信，它象征了一切挚爱之物，一切被祈望过又被抛在身后的东西，它那么小，人们可以把它带在身边。他有一封这样的信，来自伊妮德。和你一起度过的日子，是我一生中最美好的岁月。"

爱陌生人

《平原上的摩西》

双雪涛 著

因为没有等到电影，重读了原著。我喜欢双雪涛故事里的所有人物，因为他们带着时代的色彩，却依旧是他们自己：真实、生动、有限。

故事里，艳粉街的年轻刑警庄树在调查出租车司机连环被杀案的过程里，发现幼年的伙伴李斐与案件有着千丝万缕的联系。随着案件的调查，过往的记忆也一一被唤醒。

时代出了错，但它不会认错，也不需要悔改。要做出弥补的是我们，为无心或者有意的过错。要用爱与救赎，在无望之中辟出一条道路来，就像摩西分开了红海。

我很喜欢男主人公的名字：庄树。他像阳光下的树，生机勃勃。而人与人的命运，在地下如根脉交错，我们都不知道彼此什么时候相遇过，什么时候被损坏，只能用力地生长，朝着阳光的方向。双雪涛的叙述，也如这棵树，沉稳，静默，将很多根脉深埋在暗中，等读者通过树在地面上的形状去想象，去发掘。

爱美丽的文字
《一种幸福的宿命》
菲利普·福雷斯特 著

在我很喜欢的《然而》中，法国作家菲利普·福雷斯特写了俳句之圣小林一茶与日本现代小说之父夏目漱石。这本《一种幸福的宿命》里，天才诗人兰波，成了福雷斯特的灵感源泉。

作为法国龚古尔传记奖获得者，福雷斯特总是能找到独属于他的角度，去展示主人公的全部人生与内心。这次他从兰波的诗歌中找到二十六个词语，重新诠释它们的意义。在这个过程之中，福雷斯特发现这些与兰波息息相关的词语，也为他的人生提供了新的解读：关于诗歌，关于至亲的死亡，关于信仰，关于文学，关于美，关于真实。

"我相信唯一的悲剧就是救赎的悲剧。人们的所作所为，人们付出的爱意，都是为了拯救他人，拯救自我。"

爱沉浸的爱

《普鲁斯特私人词典》

让－保罗·昂托旺 / 拉斐尔·昂托旺 著

一部伟大的作品，是一个独立的宏大宇宙，经得起千百次的解读和重新演绎，并且依旧能为新时代的读者们，提供新的养分。

这本《普鲁斯特私人词典》，是普鲁斯特的忠实读者昂托旺父子对《追忆似水年华》的一次解剖般细致的解读，为书中出现的人物和物品，添加了风味独特的新注脚。甚至连书里的时间节奏，也有引入"普朗克时期"这些科学用词的细致分析。斯万为何推迟了与奥黛特的第一次亲吻？在亲吻爱人之前，他为何像与美好景色告别般注视她的眼睛？"我"为什么在旅店房间门口，放缓了脚步，尽管他知道自己爱的人正在房间里等待……

这本词典也继承了普鲁斯特的幽默，他通过不断强调生活中那些微不足道的场景、气味和感受，为信奉艺术与其表现手法的人提供慰藉。虽然他要揭示的，或许只是生活巨大而又微不足道的"无意义"。没有比拒绝出版《追忆似水年华》的纪德更适合这个场景：

"不详说了，不详说了，我们在此略过（因为我们在其他地方对此已做讨论）想要勾勒普鲁斯特和纪德之间漫长的误解过程就不得不提的那些逸事……"

爱聪慧的头脑

《名作家和他们的衣橱》

特莉·纽曼 著

因为重读 *The White Album*（《白色专辑》），又想起《名作家和他们的衣橱》这本轻松有趣的书，书里有许许多多我们挚爱的作家，对他们的名字耳熟能详，但这本书的特别之处，是提供了一个有趣的入口，通往最接近真相的推测：这些大作家究竟是怎样的人，他们的才华和魅力来自何处。毕竟王尔德曾在书里写："人会说美是肤浅的，也许如此。但至少不像思想那么肤浅。对我来说，美是奇迹中的奇迹。只有浅薄的人才不以貌取人。"

衣着是风格的一部分，风格是思想的一部分，一个人的外表是他最显眼的作品。兰波认为，他的衣服，一个游吟诗人的旧外套和破裤子，讲述了他的故事，他所处的位置，他的思想和言语。

一件外套，一句名言，一个作家成为自己。当然，只有浅薄的人会天真地以为，事情就是如此简单。同样，认为这是一本罗列品牌名字的书，也是轻率的错误。贝克特的高领毛衣，T.S. 艾略特的三件套西装，伍尔夫特意为拍摄选择的过时的维多利亚式衣裙，希尔维亚·普拉斯的珍珠项链，弗兰·勒博维茨的定制衬衫和牛仔靴，扎迪·史密斯的包头巾，无一不是他们表达的一部分。本书作者特莉·纽曼，旁征博引，道出了衣着与思想之间的关联。

爱死亡投下的暗影

《慢慢微笑》

德里克·贾曼 著

"不是通过录下的东西去反抗死亡——死亡永远在那里——而是留下一种回忆，这种回忆，证明了他们曾经在那里。"波尔坦斯基在说起自己的创作缘由时，曾这样说过。

这句话，也是我喜欢《慢慢微笑》这本书的原因。连同《贾曼的花园》和《现代自然》，贾曼在自己的生活手记中记录了他对花园的热爱，对戏剧、文学、艺术的观点，与同时代那些演员、导演、艺术家的交往。在人生最后几年完成的这本《慢慢微笑》里，贾曼依旧保持了他的冒险精神和犀利言辞，在疾病带给他的束缚和治疗过程的痛楚面前，他依旧随性而率直。

我喜欢书中他对邓格内斯时光的描写，如此温情脉脉，如此鲜活多彩，从苗圃买一株亮紫色的藜芦和一株乳白色植物，四摄氏度的低温中，犬蔷薇下面的水仙开始开花。

我也喜欢他的毒舌，出自一个艺术家对过度商业化的厌恶，在评论《惊情四百年》时，他这样写道：科波拉上次拍的电影已经够差了，但这次犹有过之。如果把他们花在血浆上的预算给我，我都能拍出一部故事长片了。

在人生最后的岁月，贾曼忍受药剂引发的副作用，一如他忍受对海边花园里那些花朵的想念。他用法斯宾德奖的奖金，为医护人员们买了旋转木马的门票。他和 HB 飞去纽约，逛古根汉姆美术馆。他不再愤怒，只是忧郁。

"你希望大家如何怀念你？"

"当作一朵花。"

爱艺术

《霍克尼论摄影》增订本

大卫·霍克尼 / 保罗·乔伊斯 著

本书是《霍克尼论摄影》的增订本，1999 年在英国出版时，更名为《霍克尼论艺术》，在霍克尼与好友乔伊斯原有的十一篇对谈的基础上，增加了七篇图像思考与影像实验的对话。书后还有图录，收录了对话中提及的各类图像作品和霍克尼的生活照片。

作为一位多才多艺的画家，霍克尼始终关注空间与色彩，以他的视角，在作品中描述着他观看到的一切。他认为，绘画和摄影一样，目的是要揭示一个可见的世界。这些充满独到见解的谈话，展示了观看世界的新方法。对所有创作者来说，都是启发。

霍克尼说，脱离眼前这个世界的创作令他不满，这种创作或许会产生很好的抽象艺术，"但是，我认为这类艺术的主张太夸大其词了——特别是此类艺术认为现实世界会在艺术中消失。我认为这种想法太过天真幼稚。这不可能。现实世界对我们来说太有趣，太迷人了——特别是人本身。人不可能从艺术中消失"。

爱蘑菇

《蘑菇图鉴》

PIE BOOKS 编

当在野外发现蘑菇时，我们总是第一时间拍下来发给朋友分享。在这本可爱的书里，你会看见摄影还未普及的年代，欧洲的生物学家们绘制的精美蘑菇图鉴。

我尤其喜爱带剖面图的《意大利北部布雷西亚一带的菌类》和细致生动的《巴伐利亚－普法尔茨－雷根斯堡一带的菌类原色彩色图鉴》。

这些仿佛是一夜之间从虚无之中生长出来的可爱存在，无论颜色、形状、质感和气味，都如此令人着迷，仿佛来自童话。这本书让我想起那些在苏格兰、冰岛和梅雨季的上海，与朋友们一起寻找蘑菇的美好时刻：蘑菇，如同彩虹，不管有没有毒，不管出现在何处，都让人愉悦。

同时，根据画上注释的拉丁语名字，查询一个个蘑菇的名字，简直是一场精彩的解密游戏。

爱自己

《我们都是马戏团》

英格玛·伯格曼 著

因为非常喜欢伯格曼的自传《魔灯》，我在春节前问出版社要了这本伯格曼的文集试读本，在书尚未上架就抢先看了起来。书中收录了影史巨匠伯格曼的 80 多篇文章，有他为杂志报纸撰写的稿子，也有他的公开演讲。在跨度 60 年的时间里，这些文字记录下了伯格曼内心世界的变化。

身为一位伟大的导演，伯格曼毫无意外地具备了敏锐与强大，唯有如此才能拥有他的电影语言，揭示并营造一个只符合他的思辨与审美要求的世界，并用它决定银幕前观众的喜乐，引发他们的思索。

伯格曼是务实的执行者，他很小就明白，一个白日梦者不是艺术家。同样，伯格曼有自怜的脆弱。当公众和批评家们因他的自我而大肆嘲笑指责时，他质疑过自己创造力的缺失，经历了精神崩溃。最终他决定潜入内心："趴在沟底一动不动，在绝望中学会了用腮呼吸求生。"

当你看过伯格曼在书中讲述的名为"沙赫利姆尼尔"的故事，会知道创作者在塑造一个个新作品时，经历的痛楚。

"无论我们的社会结构如何，人与人之间的关系，人与外界的关系是不会改变的，包括各种形式的爱，生与死的困惑，信仰与怀疑，孤独的痛苦和感官的快乐，无由之恨，无缘之恶，游戏之欲望、片刻之柔情，痛苦的不明之故，梦想与希望——这个世界充满了不断变化增长的秘密的情感和苦难。强调艺术最重要的使命之一是表达这些往往被压抑和麻木的情感，这不免显得平庸，但是艺术不应只是追逐发展变化，表达时间性的东西，艺术应该表现那些永恒的问题。"

"我的恐惧是关于被消耗的情感，那些沉寂中的人们隐藏的无言之苦。"

法国著名哲学家安德烈·高兹在写给妻子多莉娜的信中说："你为我提供了逃避自我的可能。"这句话也适用于所有为我们提供了片刻平静和快乐的书籍。尽管有时它们带给我们的庇护，像张爱玲在《华丽缘》的末尾写到的那个小女孩手里的绒线，只够织那么一小截袖口，但我们靠着累积一点又一点的温暖，得以不断前行。

迁徙的季节

喜欢的英国歌手 Dido（蒂朵）出过一张名为 *Life for Rent* 的专辑，封面上的她穿着曾在采访里说十分喜欢的 McQueen（麦昆）夹克，一个潇洒前行的女孩。

我想住在海边，想周游世界，想过得更简单。

这次回到上海，搬进了朋友找到的房子，清晨在阳光里想起 Dido 的这首歌，想起因为迷路，站在伦敦街头看橱窗里循环播放这首歌的 MV 的那个夏天。

租来的生活，遥远的旅行计划，不安静的世界，从没有消失过的苦与痛。希望，我们都能在失望与迷惘之中，找到继续前行的理由。所以，我试图寻找一点改变，做一棵迁徙的植物。

和朋友开玩笑说，想买张二手的乒乓球桌放在这里，打球、吃饭、写稿，只要一张桌子就够了。租来的生活，潦草和尽兴是一个意思。

当时就是因为这扇窗的照片，决定租下这个工作室。自然给人的平静，是一剂良药，从此发呆也有了合适的理由。某一天，人们都离去了，树依旧会在，花也依旧会开。当你知道，世间有长久事物，即是安慰。

这个红酒箱，自伦敦求学时期就跟着我，是在餐厅后厨的垃圾箱旁捡到的宝贝。后来到上海生活，它当过床头柜、书柜、置物架、脏衣篮。早上阳光照进来的时候，看着木箱越来越旧的纹路，我特别想回到读书时代。但最好的时光，总是不太被珍惜。所以我能做的，就是珍惜此刻。

最先搬进来的物品：书、茶杯、台灯、水仙花。书架会慢慢放满，到时窗外的树应该也会变得葱茏。我也应该会在新的土壤里，找到一点新空气。

收到了温暖的餐具，作为搬家的小礼物。坐在窗前吃饭，翻阅 Echo 翻译的书《比利时时尚设计》。

很喜欢这个厨房，有美丽的弧形置物架，看得到岁月痕迹的水泥台面，全是浅而柔的色调。房子的主人一定很爱烹饪，为厨房必备品都准备了顺手的收纳空间，实用又整洁。

客厅的一角，适合写稿的光线。朋友们带着鲜花来玩，忙着赶进度的我，可以一边工作，一边和朋友聊天。

我们总说三月（March）是漫长的跋涉，似乎从此就为这个月份定下了漫长艰苦的基调。但石黑一雄在《克拉拉与太阳》里，让从来没有得到过爱的 AI 机器人克拉拉教会了我们什么是无条件的付出、关怀与爱。我们是否也能在这场跋涉里，学会坚持、乐观和勇敢？

伯格曼在他的文集《我们都是马戏团》中写道："我的目的是像中世纪的工匠画画一样创作，拥有同他们一样的普世观、敏感和激情……我们的恐惧不同，但我们的言语相同。我们的疑问从来没有得到过回答。"

我现在更能明白他这段话的意思。或许，我们可以说，几百年过去了，我们的恐惧和期待又再次相同，但疑问未必得到解答。

三月的第一天，出版社通知我《分开旅行》的版权即将到期，要商议新的出版协议。那么，就再次把书里的这句话送给你：

"快乐太难，我祝你平安。"